Barış Uygur
Rendezvous auf dem Friedhof Feriköy

Barış Uygur

Rendezvous auf dem Friedhof Feriköy

Ein Süreyya Sami-Krimi

Aus dem Türkischen von Monika Demirel

binooki

Die Originalausgabe erschien 2012 unter dem Titel
Feriköy Mezarlığı'nda Randevu

Mit Unterstützung des Programms
»Kultur 2007-2013« der Europäischen Union

Kultur

Deutsche Erstausgabe

1. Auflage 2014

Lektorat: Erhard Waldner
Satz: Erhard Waldner
Umschlaggestaltung: Josephine Rank

Druck: Concept Medienhaus GmbH, Berlin
Printed in Germany
ISBN 978-3-943562-30-9

Dem Großmeister Lawrence Block

Zur Aussprache des Türkischen

c	wie dsch in Dschungel
ç	wie tsch in Kutsche
ğ	weiches, nicht hörbares g; es verbindet den voranstehenden Vokal mit dem nachfolgenden Buchstaben
ı	kurzes i wie das e in Katze
s	stimmloses s wie in Maus
ş	wie sch in Schmaus
z	stimmhaftes s wie in Hase

I

Für eine Durchschnittsfrau war es ein ganz normaler Tag gewesen. Deniz Hanım hatte am Nachmittag die Wohnung verlassen, um einkaufen zu gehen, war über Märkte geschlendert und mochte dabei sogar insgeheim viele Male über qualmende Füße gejammert haben. Letzteres wusste ich nicht mit Bestimmtheit; ich hatte bislang keine Frau, die jünger war als meine Mutter, über qualmende Füße reden hören.

Exakt um 13 Uhr 20 hatte sie die Wohnung verlassen. Ihr Mann konnte sich genau an die Uhrzeit erinnern, denn zehn Minuten später wurde das spannende Weltmeisterschafts-Viertelfinalspiel zwischen der Türkei und Senegal angepfiffen. Zum ersten Mal hatte unsere Nationalmannschaft das Viertelfinale erreicht, folglich durfte er dieses Match natürlich keinesfalls verpassen. Neben seiner privaten Leidenschaft für Fußball hatte er für die Zeitung einen Artikel über das Spiel zu schreiben und deswegen seine Frau allein zum Einkaufen geschickt. Da Deniz Cengiz sich sowieso nicht so viel aus Fußball machte wie ihr Gatte oder jeder x-beliebige Türke, hatte sie es vorgezogen, die Auszeit vom Leben, die sich die gesamte Nation mit diesem Match gönnte, mit Einkaufen zu verbringen.

Der Krämer des Viertel konnte sich nicht erinnern, ob er Deniz Hanım an jenem Tag gesehen hatte. Ich ging davon aus, dass er sie nicht gesehen hatte, denn sie war keine Frau, die man schnell vergaß. Bei dem, was sie an jenem Tag angehabt hatte … Bei dem langen schwarzen Haar, den grünen Augen, dem wohlgeformten Körper, der jugendlichen Eleganz einer frisch vermählten jungen Frau …

Die Mitarbeiter im Supermarkt hatten jedoch ein besseres Gedächtnis. Sie waren sich sicher, Deniz Hanım an jenem Tag gesehen zu haben.

»Deniz Hanım ist Stammkundin bei uns. Sie kommt häufig und kauft stets von allem hundert Gramm.«

Anderswo mag das vielleicht normal sein. In unserem Land aber gebietet es die Tradition, Salami und Würstchen in nicht konsumierbaren Mengen zu kaufen und dann vergammeln zu lassen. Es musste also Deniz Hanıms Praxis des sparsamen Einkaufens gewesen sein, die dem Supermarkt-Metzger im Gedächtnis haften geblieben war, denn der Kerl erinnerte sich sofort an sie.

Deniz Hanım, mit neuem Nachnamen Deniz Deren oder, wie auf ihrer Visitenkarte stand, Deniz Cengiz Deren, erledigte im Supermarkt ihre Einkäufe und zahlte exakt um 14 Uhr 18 siebenundvierzig Millionen siebenhundertvierzig Tausend türkische Lira per Finansbank-Kreditkarte.

Der Supermarkt war zu Fuß in zehn bis fünfzehn Minuten zu erreichen, das heißt, der Einkauf hatte zirka eine Stunde gedauert. Um nur Sachen fürs Frühstück zu kaufen, kam mir das zunächst lange vor. Dann aber fielen mir die ein, zwei Frauen ein, mit denen ich in dieser oder jener Periode meines Lebens per Zufall zusammen gewesen war, und kam zu dem Schluss, dass es sich dabei für eine Frau sogar um eine kurze Zeitspanne handelte.

Nach dem Zahlvorgang um 14 Uhr 18 verließ Deniz Deren – oder, wie sie sich selbst nannte, Deniz Cengiz Deren – den Supermarkt. Der Typ, dessen Aufgabe es war, den Einkaufswagenstau vor dem Laden zu beseitigen, erinnerte sich an sie. Seiner Aussage nach fuhr, nachdem Deniz Hanım den Supermarkt verlassen hatte, ein schwarzer Tofaş an den Bürgersteig heran; Deniz Hanım wechselte ein paar – für den Zeugen aus der Entfernung nicht zu verstehende – Sätze mit dem Mann auf dem Beifahrersitz und nahm dann auf der Rückbank Platz.

Das war das letzte Mal, dass Deniz Cengiz Deren gesehen wurde.

II

Ich bin arbeitslos. Mir ist schon klar, dass das kein geeigneter Einstieg für eine spannende Geschichte ist, aber das ist die Realität. Ich hätte allerdings auch nicht viel zu erzählen, wenn ich wie so viele einen *9 to 5 job* hätte. Lassen wir das.

Ich bin arbeitslos, was aber nicht heißen soll, dass ich kein Geld verdiene. Natürlich gehe ich der einen oder anderen kleineren Tätigkeit nach. Wenn Leute beispielsweise Probleme mit Ämtern haben, kommen sie zu mir. Um sich erkenntlich zu zeigen und um mich nicht verhungern zu lassen, bitten mich Menschen, denen ich früher einmal einen Gefallen getan habe, bei Angelegenheiten um Hilfe, die sie eigentlich selbst erledigen könnten. Ich kümmere mich um die Weiterverfolgung von Anträgen beim Grundbuchamt, beim Finanzamt oder bei der Stadtverwaltung, wodurch ich Gott sei Dank ein paar Lira verdiene. Was ich tue, ist eigentlich nichts Weltbewegendes. Da ich häufig in den Ämtern aufkreuze, kenne ich mittlerweile die meisten Beamten. Generell kündige ich meinen Besuch vorher an, dann erwarten sie mich bereits. Ohne mich in die Menschenmasse einzureihen, die mich mit wütenden Blicken mustert und in der vielleicht auch Sie sich befinden, begebe ich mich hinter den Tresen, und während ich meinen Tee schlürfe, werden die Formalitäten der Akte, die gerade meiner Obhut unterliegt, erledigt. Gelegentlich gebe ich auch Bakschisch, von Strafrechtsunkundigen stur als Bestechung bezeichnet, was eigentlich aber nicht unter Bestechung fällt, sondern unter Juristen als Vorteilsannahme gilt. Dass ich nicht jedes Mal etwas geben muss, mag daran liegen, dass ich Stammkunde bin. Manchmal bleibt auch ein Abend in einer billigen Kneipe – wenn auch nicht ewig, so doch ein paar Monate – in guter Erinnerung.

Darüber hinaus gelingt mir so ziemlich alles, angefangen vom Tapezieren bis hin zu Installateurarbeiten. Wenn auch seltener, so kommt es doch vor, dass ich meinen Unterhalt als Anstreicher verdiene. Schreinern kann ich eigentlich auch, dazu aber bräuchte ich eine schöne Werkstatt und einige Werkzeuge, die etwas zu teuer für mich sind. Ich könnte natürlich in einer Schreinerei arbeiten … Ehm, dazu bin ich leider nicht imstande. Lange Rede, kurzer Sinn: Ich weiß nicht, ob ich in den Arbeitslosenzahlen des Staatlichen Instituts für Statistik berücksichtigt bin oder nicht. Ich kenne viele Leute in meiner Situation, weswegen mich die Arbeitslosenzahlen jedes Mal, wenn sie veröffentlicht werden, in Erstaunen versetzen und mir etwas optimistisch erscheinen. Mehr als die Hälfte meiner Bekannten arbeitet schwarz, also unangemeldet. Und wenn der Arbeitgeber sie anmelden will, sind manche dem eher abgeneigt. Für den Arbeitgeber ändert sich nämlich nicht viel, dem Arbeitnehmer aber bleibt nur der sogenannte »nackte Lohn«, weil die Hälfte seines Einkommens für den Sozialversicherungsbeitrag und für die Einkommensteuer abgeht. Mir gefällt der Ausdruck. Der nackte Lohn reicht dem Normalsterblichen gerade mal fürs nackte Überleben. Obwohl die Hälfte der Leute, die ich kenne, arbeitslos sind, habe ich noch nie eine Statistik gesehen, die eine Arbeitslosigkeit von fünfzig Prozent ausweist. Aber so, wie aus mir nichts geworden ist beziehungsweise werden konnte, bin ich auch kein Statistiker, und weil ich mit Zahlen schon immer auf Kriegsfuß stand, halte ich es für vernünftiger, mich nicht mit Themen zu beschäftigen, von denen ich nichts verstehe.

Ich überlege mir oft, welchen Job ich heute hätte, wenn ich auf eine ordentliche Uni gegangen wäre. Ich habe eigentlich nie studieren wollen, die Schule mochte ich auch nicht. Es ist nicht so, dass ich nichts gelernt hätte. Auf Bitte – wobei ich es eher Druck und Einschüchterung nennen würde – meines mittlerweile verstorbenen Vaters ging ich auf die Polizeischule. Nach dem Abschluss machte ich an der Polizeiakademie weiter. Ich erinnere mich nicht genau, aber ich meine, etwa zur selben Zeit, als ich die Akademie beendete, schloss die Istanbuler Polizeischule endgültig ihre Pforten. Damals war ich froh darüber, weil zumindest in Istanbul niemand mehr auf Druck seines Vaters eine solche Schule besuchen musste. Manche Menschen spüren eine seltsame Verbundenheit zu ihrem Gymnasium und reden ständig über die herrlichen Zeiten, die sie dort verlebten. Wenn man mich fragt, war nicht die Zeit, die sie dort verlebten, herrlich, sondern – wie sollte es auch anders sein – ihre Jugend. Ich für meinen Teil vermisse weder meine Schule noch meine Jugend.

Viele meiner Freunde, die nach der Polizeischule in die Akademie eintraten, hatten sich hohe Ziele gesetzt, machten sich eine Liste der Masterprogramme und Kurse, die sie besuchen wollten, und der Auslandsschulungen, auf die man sie schicken würde, und rechneten sich danach aus, wann sie es zum leitenden Polizeidirektor bringen würden. Aber Polizist war einfach nicht mein Traumberuf. Für die je vier Jahre an der Polizeischule und der Akademie musste ich nach dem Abschluss insgesamt acht Jahre meinen Dienst ableisten, und das tat ich auch. Hätte ich die für den Austritt aus dem Polizeidienst notwendige Ablöse zusammenbekommen, wäre ich gleich zu Anfang ausgeschieden. Aber das klappte nicht. Nicht, dass ich nicht jede Menge Möglichkeiten gehabt hätte, die Summe aufzutreiben. Aber leider missfiel mir eben nicht nur die allseits bekannte Seite der Polizeiarbeit, sondern auch die unbekannte – beziehungsweise diejenige, über die man nicht in aller Öffentlichkeit reden kann, selbst wenn man darüber Bescheid weiß. Nicht, dass ich ein Denkmal der Ehrenhaftigkeit wäre. Ich kann nicht behaupten, dass außer meinem Gehalt keine einzige Lira in meine Taschen geflossen wäre, aber ich habe mich nie speziell darum bemüht. Warum, weiß ich eigentlich nicht. Ich kann sagen, dass ich generell nie gewillt war, etwas zu tun oder mich für etwas anzustrengen. Natürlich kam es hin und wieder vor, dass mich eine Akte besonders interessierte und ich mich förmlich zerriss, um den Fall abzuschließen, aber in der Regel waren das Fälle, die mich persönlich auf die Palme brachten und mich zu einem »Das gibt's doch nicht!« hinrissen.

Aber jemanden zu schnappen, der sich vor dem Militärdienst drücken wollte, und ihn dem Wehramt zu übergeben oder einen Mann zu finden, der wegen seiner Bankschulden umzog und seinen Wohnsitz nicht ummeldete, interessierte mich nicht die Bohne. Der Anteil der Banken, Einberufungsstellen und Großunternehmen an meinem Gehalt war, so denke ich, nicht höher als der dieser armen Kerle, hinter denen jene Institutionen her waren. Ich glaube sogar, dass eigentlich die armen Kerle den Löwenanteil meines Einkommens bezahlten. Je mehr man darüber nachdenkt, umso unsinniger wird es. Letzten Endes kamen Millionen von Menschen für mein Gehalt auf, und jene Institutionen waren hinter ihnen her. Unter diesen Umständen verstand ich nicht, wieso ich jemanden, der für mein Brot sorgte, ergreifen und der Bank ausliefern sollte. Irgendwie brachte ich diese acht Jahre hinter mich. Es waren die einzigen Jahre in meinem Leben, in denen ich einer regelmäßigen Arbeit nachging.

Ich war kein Polizist, der allzu großes Lob verdient hätte. Nach Abschluss der Polizeiakademie begannen wir unseren Dienst als Beamte des neunten Grades im Rang eines Kommissaranwärters; das war das Gute an der Sache. Allerdings legte ich mich nicht sonderlich ins Zeug, um auf schnellstem Wege mehr Sterne auf meine Schultern zu bekommen. Ich wartete auf meine Beförderung und war auch nicht allzu traurig, als nach den ersten vier Jahren der Kelch an mir vorbeiging. Schließlich würde ich, sollte ich mir nicht etwas Entsetzliches zuschulden kommen lassen, spätestens in den folgenden zwei Jahren befördert werden. Das wurde ich auch. Lohnenswert war für mich sogar, dass ich in der Zwischenzeit, in der ich auf die Beförderung wartete, meinen Militärdienst ableisten konnte. Als ich mein Austrittsgesuch einreichte, waren die meisten meiner Jahrgangskollegen längst Hauptkommissar geworden, und ich war immer noch Kommissar. Aber ich möchte, dass Sie mir glauben, dass mich das nie gekümmert hat. Genauso, wie ich meinen Beruf nie allzu ernst genommen habe und es mich nie gekümmert hat, was auf den Straßen los ist. Erlauben Sie mir, eine für diejenigen, die nachts ruhig schlafen, traurige Tatsache zur Sprache zu bringen: Ehrlich gesagt sind, wie vielen meiner Kollegen, so auch mir Sicherheit und Ordnung weniger wichtig, als Sie meinen. Die meisten Polizisten denken, dass man eine Polizei gründen müsste, um Ordnung herzustellen. Eine Polizei außerhalb der Polizei, der sie angehören.

Sobald ich die Berechtigung erworben hatte, quittierte ich meinen Dienst und widmete mich fortan den oben beschriebenen Aufgaben. Wie manche meiner ähnlich unmotivierten Kollegen hätte ich mit höherem und protzigerem Titel in einer Sicherheitsfirma anfangen können, aber warum in Gottes Namen sollte ich die Uniform, der ich mit Mühe und Not entkommen war, durch eine Imitation ersetzen? Überhaupt erschienen mir Jobs, bei denen ich mit niemandem zusammenarbeiten musste, stets reizvoller. Klar, manchmal hole ich mir bei Malerarbeiten jemanden zu Hilfe, aber das ist auch okay. Dabei bevorzuge ich Leute, die bei der Arbeit wenig sprechen. Wie der Stuckarbeiter Ömer Umutlu etwa. Ömer, der, anders, als sein Familienname es verheißt, hoffnungsloseste und unglücklichste Mann, der mir je begegnet ist, wäre in den fünfzehn, zwanzig Jahren, die ich ihn nun schon kenne, mit seinen Äußerungen kaum in der Lage gewesen, eine Nachrichtensendung zu bestreiten. Wie gesagt, es macht mir nichts aus, diese Arbeiten zu verrichten oder den Erniedrigungen einiger Hurensöhne ausgesetzt zu sein, die, als ich noch bei der Polizei war, vor mir gebuckelt hätten. Sie können sich gar nicht vorstellen, wie sehr Bauerntölpel, die sogar vor einem Polizisten unterster Rangordnung zittern wie Espenlaub, sich aufblasen, wenn ich bei ihnen zu Hause oder auf irgendeinem Amt etwas für sie erledige. Macht nichts. Ich bringe es irgendwie hinter mich, und sollten Sie etwas für mich zu tun haben, wird es mir ein Vergnügen sein, Ihnen zu helfen.

Neben den genannten Tätigkeiten hatte ich ein paar Spezis geholfen, jemanden wiederzufinden. Von zu Hause abgehauene

Kinder, hoch verschuldete, wie vom Erdboden verschluckte Geschäftspartner. Ich behaupte nicht, so erfolgreich zu sein wie Gezegen Mehmet in seinem legendären Radioprogramm, aber auch ich habe ein Fachgebiet: Ich suche nicht jeden Verschwundenen, sondern eher diejenigen, die verschwunden sind und nicht gefunden werden wollen, beziehungsweise diejenigen, die ausdrücklich gesucht und gefunden werden wollen. Vielleicht verschafft Ihnen das eine Vorstellung.

Das sieht sicher nicht einfach aus, und es ist auch nicht einfach, aber schwierig wird es eigentlich erst dann, wenn Sie die Person gefunden haben. Wenn jene Person ernsthafte, nicht von der Hand zu weisende Beweggründe für ihr Verschwinden hat, fühle ich mich unwohl, egal, wie viel Geld ich kriege. Es gab schon Personen, die ich fand und – warum sollte ich lügen – trotzdem nicht verpfiff. Um ehrlich zu sein wäre auch ich sauer, wenn ich abhauen wollte und ein dahergelaufener Ex-Polizist würde mich daran hindern.

Kemal Deren, einer der neuen Sterne am Sportjournalistenhimmel, hatte sich meinen Namen von einem Layouter geben lassen, dessen von zu Hause abgehauene Tochter ich wiedergefunden hatte. Jener Layouter, den er über zehn Ecken kannte, musste mich über den grünen Klee gelobt und so dafür gesorgt haben, dass Kemal Deren sich heute mit mir treffen wollte.

Ich ahnte schon, warum Kemal Derens lieber Freund so dick auftrug. Seine Tochter war nämlich auch ein wenig deswegen abgehauen, um gesucht und gefunden zu werden, und mit ein wenig Intelligenz hätte ihr Vater das durchaus allein schaffen können.

Ich kannte Kemal Deren von seinen Artikeln. Er verwendete jede Menge Statistiken und nahm für sich in Anspruch, dem Kommentar und der Analyse des Fußballs eine neue Dimension verliehen zu haben. Dennoch vermisse ich İslam Çupi und seine blumige Sprache. Sogar Doğan Koloğlu oder Turgay Şeren zu lesen macht mir mehr Spaß. Eine derartige Mathematisierung des Fußballs hat mich schon immer gestört. Anstatt über die Anzahl der Ballkontakte der Spieler oder den Einfluss der Fehlpässe auf die Niederlage rede ich lieber über einen Spitzenvolley oder ein kunstvolles Dribbling. Mir ist ohnehin ein Rätsel, wie diese Mathematiker bei all dem, was sie sich notieren müssen, noch Freude am Match haben. Eigentlich kann ich Kemal Deren keinen Vorwurf machen. Schließlich ändert sich Fußball rasant, und wir sehen auf unseren Plätzen kaum noch die Feinheiten von früher. Fußball wird immer mehr zur Kräfte- und Ausdauerdemonstration von zweiundzwanzig Männern, die so stark sind wie Ochsen und so schnell wie Rennpferde. Dabei hatte sogar der allseits unbeliebte Tanju Çolak fantastische Tore geschossen. Keine Ahnung, vielleicht verstehe ich eben auch nichts von Fußball.

Der türkische Guru der Fußballstatistik Kemal Deren wünschte, dass ich seine junge Gattin wiederfand. Seiner Behauptung zufolge war sie nicht verschwunden, sondern entführt worden. Ich fragte ihn, warum er sich nicht an die Polizei wendete.

»Was können die schon machen, Süreyya Bey? Metin Abi war bei der Polizei, und was ist passiert? Ich möchte nicht, dass die Polizei die Entführer aufschreckt und ich meine Frau nur noch als Leiche wiederkriege.«

Ich war zutiefst von Kemal Derens Aufrichtigkeit überzeugt, aber irgendwie hatte ich Mühe zu glauben, dass Deniz Deren entführt worden war. Was dem von ihm erwähnten Sportjournalisten Metin Abi passiert war, war wirklich betrüblich und ein typisches Beispiel für das Nichtfunktionieren unserer Polizei und für ihr granatenmäßiges Versagen, wenn es nur ein bisschen knifflig wurde. Hier jedoch handelte es sich um eine entführte Frau, und zwar der Beschreibung nach um eine, die jeder durchschnittliche Mann im Geiste gern entführen würde. Seit ihrem Verschwinden waren bereits zwei Wochen vergangen, und es gab mir zu denken, dass es weder eine Lösegeldforderung noch Anzeichen für ihren Tod gegeben hatte. Merkwürdig war außerdem, dass Kemal Deren kein einziges vernünftiges Bild von ihr im Haus hatte, das er mir hätte geben können. Hochzeitsfotos, auf denen sich jeder erfolgreich bemühte, anders auszusehen, oder Passfotos aus früheren Zeiten, auf denen jeder vergeblich so auszusehen versuchte, wie er tatsächlich aussah, nutzten mir nicht viel. Dem geschulten Auge würde das natürlich genügen, aber Leute, denen ich das Foto zeigen würde, sähen nur eine Braut oder eine »Ich hoffe, Sie geben mir das Visum«-Miene.

Die Fahndungsfotos, die an Bahnhöfen, Bushaltestellen und Orten mit vielen Passanten hängen, taugen weniger, als man denkt. Auf diesen nicht aktuellen Bildern erkennt man nicht einmal sich selbst, geschweige denn eine Frau, die man im Vorbeigehen gesehen hat.

Für mich war all das eigentlich Beweis genug, dass Deniz auf eigenen Wunsch verschwunden war und nicht die Absicht hatte, so leicht wiedergefunden zu werden. Kemal Deren jedoch behauptete steif und fest, sie hätten sich nicht oft fotografieren lassen. Er gedächte eine dieser neuen Digitalkameras zu kaufen, hätte dies jedoch noch nicht getan, da er gehört habe, es kämen bessere auf den Markt. Als ich äußerte, es kämen immer bessere auf den Markt, warf er mir ein paar unverständliche Abkürzungen an den Kopf und sprach von Verbesserungen, an denen einige überall auf dem Globus verstreute Labors gerade arbeiteten. Er vertrat die Meinung, dass klassische Fotoapparate noch immer die besten Aufnahmen machten und dass er leider, obwohl er doch Journalist sei, keinen solchen Apparat besäße. Er war kein Fotoreporter, sondern Sportjournalist.

»Diese Lösegeldgeschichten. Passieren die wirklich? Man sieht das ja immer in Filmen, aber …«

»Sie passieren. Sie wären erstaunt, wenn Sie hörten, wie viele Menschen jedes Jahr entführt werden und nicht in den Polizeiakten auftauchen. Zum einen kann man Entführungen leichter verbergen als etwa Banküberfälle. Und zweitens will in unserem

Land niemand für Geld etwas riskieren. Dass Lösegelderpresser ihre Geisel auf jeden Fall töten, ist übrigens auch nicht richtig.«

»Können Sie sie denn finden, Süreyya Bey?«

»Das hängt vor allem davon ab, ob sie gefunden werden will.«

»Was soll das heißen? Wir haben gerade erst geheiratet, wir hatten keinerlei Probleme, warum sollte sie weg wollen?«

›Ich bin überzeugt, dass Sie keinerlei Probleme hatten‹, wollte ich schon sagen, stattdessen verkündete ich: »Ich werde mein Bestes tun.«

»Vielen Dank. Koray hat Sie sehr gelobt.«

»Koray?«

»Koray Nergiz. Der Bursche aus unserer Zeitung, der Sie mir empfohlen hat.«

Soweit ich mich erinnerte, waren Koray Nergiz und Kemal Deren gleichaltrig. Ich ging davon aus, dass er mit dem Ausdruck *Bursche* ein hierarchisches Verhältnis zum Ausdruck bringen wollte.

»Wie gesagt, ich werde mein Bestes tun.«

III

Nun hatte ich wenigstens etwas zu tun. Ich begann mit der Überprüfung des Ortes, an dem Deniz Deren verschwunden war. Über die Kreditkartenabrechnung des entsprechenden Zeitraums ermittelte ich den Supermarkt, alles andere ergab sich. Soweit möglich, klar …

Beim Auto geriet die Sache ins Stocken. Der Junge, der Deniz hatte einsteigen sehen, war sich unsicher bezüglich der Automarke und hatte sich natürlich auch das Kennzeichen nicht gemerkt.

»Es könnte ein Doğan gewesen sein, aber auch ein Şahin, der aussah wie ein Doğan … In dem Auto spielte so komische Bang-Bang-Musik.«

»Wie, komisch? Heavy Metal-mäßig?«

»Wie Metal, aber nicht genau, eher so dum dum. Richtiger Krach, wie von Geschirr. Wie wenn du mit den Fingernägeln über die Tafel kratzt.«

Die Personen im Auto kannten Deniz. Und wenn man mich fragt – Deniz kannte sie auch. Man steigt nicht einfach in ein Auto, das neben einem anhält. Vor allem dann nicht, wenn es ein Şahin in Doğan-Optik ist. Man fragt sich, ob es anderswo auf der Welt auch Autos gibt, die zu einem anderen Modell umgestylt wurden. Ein Ford in Buick-Optik oder, was weiß ich, ein Opel, der aussieht wie ein Audi. Die Jungs aus der Nachbarschaft etablieren sich in solchen – in der Regel gemieteten – Wagen, fahren in Schrittgeschwindigkeit am rechten Straßenrand, nähern sich Frauen, die sie anbaggern wollen, und setzen dann all ihre unwiderstehliche Attraktivität ein: »Gnädigste, wie wär's mit 'ner Spritztour am Bosporus?« Da es diese Gepflogenheit gibt, seit ich denken kann, gehe ich davon aus, dass die eine oder andere Dame tatsächlich auf dieses reizvolle Angebot eingeht. Deniz Deren jedoch wirkte nicht wie eine Kandidatin für derartige Spritztouren.

Keiner in dem Appartementhaus, in dem Kemal und Deniz Deren lebten, besaß einen Doğan oder Şahin. Eigentlich besaß niemand ein türkisches Fabrikat. Noch einmal zog ich vor Kemal Derens Mathematikkenntnissen den Hut, denn bei seinem Gehalt ein solches Leben zu führen war nicht leicht. Entweder war er von Haus aus reich oder er hatte einen Nebenjob oder eine weitere Einkommensquelle, von der ich nichts wusste. Vielleicht war er auch einer jener Journalisten, die ein Extra-Gehalt von den Vereinspräsidenten bezogen. Ich weiß es nicht. Mich interessierte einzig Deniz Cengiz Deren.

»Deniz hat auch gearbeitet, aber nur nebenbei. Sie machte Webdesign. Nach unserer Heirat kündigte sie nicht, ging aber nur ab und zu ins Büro. Ich denke nicht, dass sie allzu viel verdient hat. Sozialversichert war sie jedenfalls nicht. Ich habe auch nie eine Webseite von ihr gesehen. Sie war wohl nicht allzu erfolgreich und hat mir deswegen nichts gezeigt.«

Tja, es ist immer toll, wenn jemand seiner Frau so sehr vertraut. Vor allem, wenn sie plötzlich von der Bildfläche verschwindet. Diese Praxis habe ich stets hoch geschätzt und auch in meinem eigenen Leben verfolgt. Das vermittelt Ihnen auch eine Idee, warum ich in meinem Alter immer noch allein bin. Ich an Kemal Derens Stelle hätte vielleicht ähnlich unschuldige Gefühle gehabt, aber eine innere Stimme sagte mir, dass das mysteriöse Verschwinden von Deniz Cengiz entgegen Kemal Derens Annahme nichts mit einer Entführung zu tun hatte. Der Trottel hatte nicht einmal eine von seiner Frau entworfene Webseite gesehen, aber gleich eine simple Erklärung parat. Hätten wir doch alle die Chance, unsere Beziehungen wie ein Dritter von außen betrachten zu können. Niemand wird glauben, wie dämlich wir aussehen.

Natürlich hatte Deniz Cengiz Deren auch eine Familie.

»Hatten Sie Kontakt zu ihren Eltern?«, fragte ich Kemal Deren. Leicht genervt verneinte er und erklärte, dass auch ihre Familie sie nie anriefe. Kemal Deren und Deniz Cengiz hatten keine prachtvolle Hochzeit gefeiert; aber auch bei der schlichten

Trauung war von Deniz' Angehörigen niemand dabei gewesen. Deniz Cengiz war quasi als Waisenkind in die Familie Deren eingetreten. Der Gedanke, dass eine Familie, die ihre Tochter jahrelang nicht angerufen hatte und nicht einmal zu ihrer Trauung gekommen war, sie nach Jahren aus Sehnsucht entführt haben könnte, erschien mir wenig plausibel. Dennoch bat ich Kemal Deren um Unterstützung, um mit ihnen in Verbindung zu treten, aber er konnte mir nicht helfen. Er wusste nicht einmal, wie sie aussahen. Nur wie sie hießen, mehr nicht.

Ich hatte nichts, was mich irgendwie weiterbringen konnte.

1. Eine wunderschöne Frau namens Deniz Deren war urplötzlich verschwunden.
2. Ihr Mann behauptete, sie sei entführt worden.
3. Selbst wenn Deniz Hanım ihr Zuhause nicht auf eigenen Wunsch verlassen hatte, war sie von Leuten entführt worden, die sie kannten.

Das war nur der Anfang. Natürlich hatte ich auch erfahren, dass Deniz Hanım Frühstücksprodukte immer hundertgrammweise einkaufte, wusste aber nicht recht, inwieweit mir diese Information nutzen sollte. Aber sei's drum. Wie schon Geheimdienstler und Ermittler zu sagen pflegen: »Keine Information ist unnütz, manche ist nur weniger nützlich.« Wozu immer sie auch gut sein mochte, jene »weniger nützliche Information«.

Also. Wir suchen eine schöne Frau, die einen ziemlich reich aussehenden Sportjournalisten geheiratet hat, Frühstücksartikel hundertgrammweise kauft und Randgruppentypen kennt.

Prima. Wir müssen uns um die Vergangenheit dieser Frau kümmern, und für diese Erkenntnis muss man nicht jahrelang Seminare besuchen.

Die meisten Menschen denken, dass zur polizeilichen Ausbildung die Techniken des detektivischen Arbeitens und Methoden der Spurensuche gehören. Dabei verfügt kein Verbrecher über so viel Intelligenz, als dass Sie solche speziellen Techniken bräuchten. Dass er ein Verbrecher ist, zeigt ja bereits, dass es diesbezüglich bei ihm hapert. Ich weiß nicht, wie häufig man im wirklichen Leben jenen hochintelligenten psychopathischen Mörderfiguren begegnet. Serienmörder, psychopathische Kriminelle und all die Hollywood-Bösewichte leben nur in Filmen, und bitte bedenken Sie: Selbst dort werden sie geschnappt.

Vielleicht verdrängen auch die Intelligenten unter den kriminell veranlagten Menschen jene Neigungen – nicht, indem sie intelligent erscheinende, aber dennoch dumme Straftaten begehen, sondern indem sie Drehbücher über diese Straftaten schreiben und Filme drehen. Der Begriff des intelligenten Verbrechers rührt sicher daher, dass diese Künstler, die ein Verbrechen begehen wollen, aber schlau genug sind, es nicht zu tun, ihr kriminelles Potential auf die Leinwand bringen. Wohl bemerkt sei, dass in vielen Kriminalfilmen, die ich in den letzten Jahren zu sehen die Gelegenheit hatte, die Verbrecher siegen. Anstatt einen Bankraub zu begehen dreht man einen Bankräuberfilm, und anstatt jemanden umzubringen dreht man einen entsprechenden, von Kritikern als »Meisterwerk« gerühmten Film. Das bewahrt einen vor schwedischen Gardinen und ist mindestens ebenso einträglich wie ein Raub.

Ich glaube offen gestanden kaum, dass ein wirklich intelligenter Mensch eine Straftat begehen würde. Vielleicht tut er rechtlich nicht ganz einwandfreie Dinge, aber es existieren tausend Möglichkeiten, um sie im Rahmen der Gesetze zu realisieren, und als jemand, der sich ein wenig im Gesetzbuch auskennt, kann ich Ihnen sagen, dass ich mich immer noch wundere, wie es dazu kommt, dass wahre Verbrecher im Knast landen. Unsere Gesetzgeber tun alles, was in ihrer Macht steht, damit niemand eingelocht wird, und doch gibt es immer wieder ein paar Trottel, die einrücken. Manche könnten natürlich Opfer unserer Künstler sein, die ihre kriminellen Impulse mittels ihrer künstlerischen Meisterwerke im Zaum halten. Die Fehler im Drehbuch sind es, denen die armen Kerle auf den Leim gehen.

Ich erinnere mich, dass wir in der Schule in einem der wenigen berufsbezogenen Fächer über dieses Thema diskutierten: Was war wichtiger – das Verbrechen effektiver zu bekämpfen oder die Wurzeln des Verbrechens zu analysieren? Während man in den Schulbänken saß, verfocht beinahe jeder die zweite, ein wenig intellektueller erscheinende Option, in der von *Ursachen*, der *Gesellschaft* und *Elementen* die Rede war. Aber sobald wir mit dem aktiven Dienst beginnen, gerät das bei den meisten irgendwie in Vergessenheit. Man bringt uns dazu, es zu vergessen, und wir haben auch keine andere Chance als zu vergessen.

Die Polizeiausbildung, zumindest der schulische Teil, unterscheidet sich wie gesagt bis auf wenige Fächer nicht von einer normalen Schule. Vielleicht hat sich das mittlerweile geändert, es vergeht ja kaum ein Jahr ohne Schulreform. Ich glaube, es gibt einen Kurs zur Heranzüchtung von Politikern, in dem man ihnen einen Haufen Wörter beibringt wie Vision, Synergie, Schulreform oder Konjunktur, von denen ich wirklich nicht weiß, ob sie etwas bedeuten. Die Polizeischule bot mir keine besondere Ausbildung. Ich bin sogar überzeugt, dass eine Mädchenberufsschule für Sekretärinnen eine spezifischere Ausbildung anbietet, und da wäre ich auch gern hingegangen. Mein Vater hätte bestimmt nichts dagegen einzuwenden gehabt, da man schließlich auf beiden Schulen einen Beruf erlernen konnte. Aber ich hatte einen Makel – ich war kein Mädchen.

Kemal Deren hatte zwar behauptet, alles über seine Frau zu wissen, aber auf meine Frage, welche Musik sie denn gern hörte, lautete seine Antwort: »Ach, alles, was nett klingt.«

Als ich ein wenig nachhakte, stellte sich heraus, dass die Vergangenheit seiner Frau ihm fast vollkommen unbekannt war und ihn auch nicht die Bohne interessierte.

»Männer, mit denen sie früher zusammen war?«, wagte ich zu fragen, woraufhin mich sein Blick traf, als hätte er mich in flagranti mit ihr erwischt.

»Als wir heirateten, war sie noch Jungfrau«, flüsterte er mir ins Ohr.

›Klasse! Dann kann sie dich mit niemandem vergleichen, stimmt's?‹, dachte ich für mich.

»Gut«, unternahm ich einen letzten Versuch. »Wer ist ihre älteste oder beste Freundin?«

Gelangweilt hob er den Kopf. Als würde er weniger über einen Namen nachdenken, sondern vielmehr darüber, ob er ihn aussprechen sollte.

»Außer unseren gemeinsamen Freunden hatte sie keine. Nur eine Emel gibt es. Wir sind zwei, drei Mal zu dritt ausgegangen, und ein paar Mal war sie hier zum Essen. Emel ist die einzige Freundin, die ich kenne. Und die habe ich schon angerufen. Sie weiß nichts.«

»Woraus schließen Sie das?«

»Sie fragte gleich nach Deniz. Richtete ihr Grüße aus und so.«

»Kam ihr Ihr Anruf nicht verdächtig vor? Schließlich kannten Sie sie doch kaum.«

»Ich fragte nach Aktientipps. Ob sie mir ein paar Papiere empfehlen könnte. Das tat sie dann tatsächlich auch.«

»Haben Sie wenigstens etwas verdient?«

»Keine Ahnung. Ich habe ja keine gekauft. Die Frage war nur ein Vorwand; ich wollte nicht, dass sie von Deniz' Verschwinden erfährt.«

Mit Bedauern teilte er mir mit, dass er Emels Nachnamen nicht wüsste. Auch nicht, wo sie arbeitete, nur eine Telefonnummer gab es. Wenn Kemal Deren nicht einmal den Familiennamen der einzigen Freundin seiner Frau kannte, dann bedeutete das für mich, dass diese Freundin eine ganze Menge über Deniz Deren oder Deniz Cengiz Deren oder, besser noch, über Deniz Cengiz wusste.

Mit diesen Gedanken verbrachte ich meinen Sonntag. Sehr kompliziert war das ehrlich gesagt nicht. Im Fernsehen forderte einer der Koalitionspartner vorgezogene Wahlen in vier Monaten. Immer fordern sie, und immer gehen Leute wählen. Ich nicht.

IV

Mit jener betörenden Selbstsicherheit, die den wenigen in der Männerwelt erfolgreichen Frauen so eigen ist, empfing Emel Yunak mich in ihrem Büro. Anders als Kemal Deren mir gesagt hatte, trug sie keine schwarzen Locken, ihr Haar war also höchstwahrscheinlich gefärbt und geföhnt. Das hellbraune glatte Haar war stumpf geschnitten, die nach innen gelegten Spitzen bedeckten einen Teil ihres Gesichts, was sie weitaus hübscher machte, als Kemal Deren sie beschrieben hatte.

Im Gegensatz zu der vagen Panik, die ich zuvor aus ihrer Stimme herausgehört hatte, war sie ganz entspannt. Sie saß an ihrem PC wie jemand, der die ganze Welt regierte: Zwei riesige Bildschirme, die weitaus größer waren als die von Fikret – meiner Anlaufstelle bei allen Computerfragen –, bedeckten mehr als die Hälfte ihres gigantischen Schreibtischs. Ich hatte am Telefon wohl einen falschen Eindruck bekommen. Ihrem Gebaren nach schien sie nicht zu den Menschen zu gehören, die leicht in Panik gerieten.

Neugierig, wie ich war, stellte ich fest, dass es im Raum zwar zwei Bildschirme, aber nur einen Computer gab. Auf dem einen Monitor verfolgte sie die Echtzeitdaten, auf dem anderen realisierte sie ihre Transaktionen. Nach dem, was sie erzählte, kaufte und verkaufte sie den ganzen Tag Aktien und verdiente sich damit »ihre Brötchen«. Sie fragte mich, ob ich mich für das Börsengeschäft interessierte. Das tat ich nicht. Die Börse lag mir ungefähr so fern wie der Physikunterricht in der Oberstufe. Emel Yunak war eine Art Investorin mit eigenem Büro. Dass die Welt der Börsenspielereien per Computer den Männern gehörte, lernte ich ebenfalls von ihr. Denn bis auf ein paar Spiele auf dem Atari, als er in der Türkei gerade in Mode kam, hatte ich so ziemlich gar nichts mit dieser »Männer«-Welt zu tun.

»Ah, Sie haben bestimmt *River Raid* gespielt«, meinte Emel. Kann sein, kann aber auch nicht sein. Im Moment galt meine Konzentration etwas anderem. Auch wenn sie sich in der Männerwelt bewegte, hatte sie sich feminin gekleidet, und dagegen hatte ich, um ehrlich zu sein, nicht das Geringste einzuwenden.

»Süreyya Bey, Sie sind also auf der Suche nach Deniz. Verdächtigt ihr Mann mich etwa?«

»Nein, sollte er?«

»Keine Ahnung. Wenn er Sie schon zu mir geschickt hat …«

»Er hat mich nirgendwo hingeschickt. Ich bin von mir aus hergekommen. Im Übrigen schien er Ihren Namen aus den Tiefen seines Gedächtnisses hervorkramen zu müssen. Dabei sind Sie keine Frau, die man so leicht vergisst.«

Sie lächelte süß.

»Was für ein billiges Kompliment!«

»Mehr ist bei mir nicht drin.«

»Wenn Männer keine Komplimente machen können, müssen sie sich mehr anstrengen, sagt man.«

Nun, man konnte nicht sagen, dass ich mich generell nicht anstrengte. Aber es kam nicht oft vor, dass meine Bemühungen auch zu einem positiven Ausgang führten. Anstatt ihr das zu sagen, wiederholte ich, dass ich nicht auf Kemal Derens, sondern auf eigenen Wunsch hier sei, es ihr selbstverständlich freistünde, mir zu helfen, ich mich allerdings sehr freuen würde, wenn sie es täte. Wobei ich nicht wusste, wie wichtig ihr meine Freude war.

»Sie sind also von sich aus hergekommen. Aber ich weiß nicht, wo Deniz ist. Und selbst wenn ich es wüsste – wie kommen Sie auf die Idee, dass ich es Ihnen erzählen würde?«

»Wenn Sie nicht wissen, wo sie ist, woher wissen Sie dann, dass Sie es mir nicht erzählen würden, wenn Sie es wüssten?«

»Sie wären bestimmt ein guter EDV-Mann.«

»Ich kann nicht einmal einen Rasierapparat benutzen.«

Ich spürte, wie ihre Augen meine Wangen streichelten und meine Kehle hinunterfuhren.

»Man sieht, dass Sie weder einen Rasierapparat noch Wegwerfrasierer noch sonst etwas verwenden. Gut. Ist das alles, was Sie wissen wollten?«

»Nein. Ich möchte etwas über Deniz Hanım in Erfahrung bringen.«

»Hat ihr Mann Ihnen nichts über Deniz erzählt?«

»Ein wenig, aber ich denke nicht, dass er seine Frau allzu gut kannte. Ich hatte den Eindruck, dass es vieles gibt, was er über Deniz Hanım nicht weiß. Und glauben Sie mir, dass ich ihn nicht sympathischer finde, als Sie es tun. Die Beziehung zwischen ihm und mir ist rein geschäftlich.«

»Eine Frage, Süreyya Bey: Wie haben Sie herausgefunden, dass ich den Kerl nicht mag?«

»In der letzten halben Stunde haben Sie sich nicht einmal dazu herabgelassen, seinen Namen in den Mund zu nehmen.«

»Oh, Sie sind gut, Polizist! Erinnern Sie sich an den Film mit Robert De Niro? In dem er andauernd sagt: ›Du bist gut, Doktor.‹«

Ich erinnerte mich nicht an den Film. Sie erzählte mir von Deniz Cengiz. Von Deniz Cengiz, bevor sie Deniz Deren wurde. Ich hatte gehofft, dass sich dadurch allmählich das Bild dieser Frau in meinem Kopf formen würde, aber es wurde immer verschwommener. Das sagte ich ihr auch.

»So ist Deniz eben«, erwiderte sie. »So gut man sie auch kennt, es bleibt immer eine unbekannte Seite. Sie ist eigentlich auch nicht der Typ, mit dem man sich leicht anfreundet. Sie ist auch früher schon immer wieder mal plötzlich verschwunden. Lassen Sie sich nicht von meiner Gelassenheit täuschen. Früher habe ich mir Sorgen gemacht, wenn sie weg war. Aber in den letzten Monaten hat es mich sogar gewundert, dass sie schon länger nicht mehr verschwunden ist.«

»Hat es Sie gewundert, dass sie nicht verschwunden ist – oder dass sie nicht verschwunden ist, obwohl sie verheiratet ist?«

Lächelnd schüttelte sie den Kopf.

»Letzteres. Dieser Mann … Ich habe es nie verstanden.«

»Genau das ist einer der Punkte, die mich verwirren, seit ich diesen Job übernommen habe. Wie kam es, dass Deniz Cengiz Deniz Deren wurde? Wie kam es zu der Eheschließung mit Kemal Deren?«

»Es war einmal …«

»Bitte?«

»Wie im Märchen eben. Sie hat Hals über Kopf geheiratet. Es gab nicht mal ein Hochzeitsfest. Okay, weder sie noch ich sind Mädchen, die ständig darüber reden, wie ihre Hochzeit sein sollte, aber …«

»Über solche Sachen reden Mädchen?«

Sie legte den Kopf zur Seite und setzte ein süßes Lächeln auf.

»Ja. Fast alle. Sogar ich. Aber nicht mit Deniz. Mein Lieber, Sie haben wenig Ahnung von Frauen, stimmt's?«

»Ich kann nicht das Gegenteil behaupten.«

»Für Frauen ist es seltsam, über solche Dinge nicht zu reden. Noch seltsamer ist, eines Tages aufzutauchen und zu sagen: ›Ich habe geheiratet.‹ Und dann auch noch einen solchen Flegel. Sie suchen Deniz umsonst. Sie hat sich von selbst aus dem Staub gemacht.«

»Das dachte ich auch, aber die vorliegenden Informationen passen einfach nicht. Sie geht zum Einkaufen, kauft was fürs Frühstück und verschwindet spurlos. Wenn sie vorhatte, sich davonzuschleichen, würde sie ihre Einkäufe wohl kaum auf hundert Gramm Salami beschränken.«

»Das klingt logisch. Aber Sie kennen Deniz nicht. Stellen Sie sich vor, Sie erfahren eines Tages, dass Ihr uralter Freund oder sogar Ihre Frau oder Ihr Mann ein Spion ist. Auf so etwas habe ich bei Deniz immer gewartet. Dass sich eines Tages herausstellt, dass sie eine KGB-Agentin ist. Es hätte mich echt nicht gewundert!«

Während ich über die Wahrscheinlichkeit nachdachte, dass sich meine nicht vorhandene Frau oder irgendeiner meiner Freunde eines Tages als Spion entpuppen könnte, klingelte das

Telefon. Sie hob den Hörer ab und nahm das Gespräch entgegen. Wie man mir als Kind beigebracht hatte, trat ich, damit sie ungestört sprechen konnte, ans Fenster und sah hinaus. Ich sperrte natürlich dennoch meine Ohren auf, konnte aber nichts Sinnvolles verstehen.

Nachdem sie aufgelegt hatte, setzte ich mich wieder in meinen Sessel. Ich hatte Mühe, meine Fragen zu formulieren.

»Gut, und Deniz Hanıms früheres Leben? Ich meine: ihr Privatleben. Kemal Bey behauptete zwar steif und fest, Deniz Hanım habe vor ihm keinerlei Beziehungen gehabt, aber …«

Schallendes Gelächter echote von den Wänden des kleinen Zimmers.

»Jeder glaubt das, was er will. Wenn das stimmt, dann sind Sie Bill Gates. Die Wahrscheinlichkeit, dass Sie Bill Gates sind, ist sogar höher.«

»Deniz Hanım hatte also ein munteres Liebesleben?«

»So könnte man es auch nennen. Als wir uns kennenlernten, hatte sie fast so viele Liebhaber, wie ich Männer kannte.«

»Wer war der Wichtigste?«

»Sie werden lachen, aber es wird dieser Trampel gewesen sein. Schließlich hat sie ihn ja geheiratet, oder? Spaß beiseite, aber es stimmt. Wenn Sie in diesem Alter derart viele Männer kennenlernen wollen, dann dürfen Sie bei keinem lange bleiben. Sie hatte, um es offen zu sagen, ein lockeres Sexualleben. Ihr Männer würdet sie vielleicht als Schlampe bezeichnen.«

Ob es am Gesprächsverlauf lag oder an ihren riesigen honigfarbenen Augen, vermag ich nicht zu sagen, jedenfalls achtete ich immer weniger auf das, was sie sprach.

›Und du?‹, wollte ich schon fragen. Sie schien meinem Blick zu entnehmen, was mir durch den Kopf ging.

»Ich weiß es eigentlich nicht. Vielleicht hatte sie auch einige gleichzeitig. Mein Ding ist das nicht. In dem Punkt unterschieden wir uns sehr. Eigentlich waren wir uns kaum ähnlich, und vielleicht haben wir uns deshalb so gut verstanden.«

Es sprach nichts dagegen, ihr zu sagen, was ich wusste.

»An dem Tag, an dem sie die Einkäufe machte, stieg sie in ein Auto und fuhr davon. Das ist das letzte Mal, dass sie gesehen wurde. Der Augenzeuge sprach von einer Musik im Auto, die er nicht kannte. Kein Heavy Metal oder Ähnliches, eher etwas Extremeres. Entweder wurde sie von Leuten entführt, die sie kannte, oder sie ist mit Leuten, die sie kannte, abgehauen. Eine innere Stimme sagt mir, dass sie auf eigenen Wunsch in den Wagen gestiegen ist, aber gegen ihren Willen verschwunden sein könnte.«

»Was war das für ein Auto?«

»Ein billiges einheimisches Modell.«

»Das ist nicht ihr Stil. Was soll ich sagen? Sie meinten ja selbst, dass nicht einmal ihr Mann etwas über Deniz wusste. Ich kenne Deniz zwar bestimmt besser als ihr Mann, aber ich weiß auch nur das, was sie durchsickern ließ. Wissen Sie, was Sie da gerade machen?«

Ich wusste es nicht.

»Sie hören diesen Blinden zu, die einen Elefanten zu beschreiben versuchen. Einer spricht über den Schwanz, einer über die Haut, einer über die Zähne und noch einer über den Rüssel. Und da beginnt Ihr Pech, Süreyya Bey. Wo sollen Sie alle diese Blinden auf einmal finden? Wie ich bereits gesagt habe – es wird Leute geben, die sie als Schlampe bezeichnen, und andere, die behaupten, sie sei eine Heilige.«

»War sie denn eine Heilige?«

»Ehm, nein. So weit würde nicht einmal ich gehen.«

»Emel Hanım, Sie sagten, das sei nicht ihr Stil. Also in Bezug auf das Auto. Sie sind sich sicher, dass Ihnen ein solches Auto nicht bekannt ist?«

»Ich kenne jede Menge solcher Autos. Und auch die Besitzer solcher Autos. Ich habe nicht gesagt, das sei nicht mein Stil, ich sagte, das ist nicht *ihr* Stil. Mir sind Autos ehrlich gesagt völlig egal. Aber Deniz nahm es da etwas genauer.«

»Was meinen Sie mit *etwas genauer nehmen*?«

»Natürlich hat sie sich die Männer nicht nach ihren Autos ausgesucht. Aber sie ging auch nie mit Männern aus, die bei Nizam Pide zu Mittag essen.«

Ich musste an mich denken. Nizam Pide war eines meiner Lieblingslokale. Ich fühlte mich ein wenig seltsam. Es stimmt zwar, dass es solche Pide nirgendwo sonst auf der Welt gibt. Aber einige von Ihnen würden dies bestimmt als schwachen Trost bezeichnen, und die Wahrscheinlichkeit, dass Sie recht haben, liegt auf einer Skala von eins bis zehn nahe bei der Zehn. Im Geiste notierte ich mir, nach der Unterhaltung mit Emel Yunak im Nizam einen *fırın sütlaç* zu essen.

»Und Musik? Welche Art von Musik hörte sie?«

»Das ist etwas kompliziert. Ich weiß nicht, ob Sie mich verstehen, aber ich würde das, was sie hörte, nicht als Musik bezeichnen. Musik, die irgendwo spielte, störte sie nicht, weil sie einfach nicht zuhörte. Aber bei ihr zu Hause erwartete einen in der Regel eine unschöne Überraschung. Merkwürdige deutsche Gruppen, das, was man im wahrsten Sinne des Wortes als Krach bezeichnen würde. Experimentelles Zeug.«

Ich erzählte, wie der Junge aus dem Supermarkt die Musik im Auto beschrieben hatte.

»Ja. Das trifft den Nagel auf den Kopf.«

»Wo treffen sich Leute, die solche Musik hören?«

»Nirgendwo. Nirgends wird solches Zeug gespielt. Es will ja keiner pleite gehen.«

»Gut, und wo war Deniz Hanim unterwegs? Beispielsweise Sie beide. Wo gingen Sie gern hin?«

»Wenn Sie dort anfangen zu suchen, werden Sie kaum Glück haben. Kleine Bars in Taksim. Die ständig umgemodelt werden, manche zu ekligen Nacht-Clubs mit türkischer Musik. Sie kennen doch diese Etablissements mit ihren Musikanlagen, die man nicht erträgt, wenn man nur einen Funken Ahnung von Musik hat, mit ihren unverschämten Kellnern und Kunden aus Zeytinburnu, die es in puncto Frechheit mit den Kellnern aufnehmen können.«

Aus unerfindlichem Grund rutschte mir heraus, dass ich in Zeytinburnu wohnte.

»Ah, seien Sie mir nicht böse. Ich bin mir sicher, dass Sie nicht so sind wie die. Sie sind seit mindestens einer halben Stunde hier und haben nicht ein einziges Mal meinen Busen angestarrt.«

Nun, das tat ich selbstverständlich in günstigen Momenten, wenn sie es nicht sehen konnte, denn sie hatte in der Tat sehenswerte Brüste. Ein Geständnis hielt ich jedoch nicht für erforderlich. Selbst wenn sie es nicht bemerkte, konnte ich meinen Blick nicht von ihren Kurven abwenden und, als wäre das nicht schon genug, ich lebte ja auch noch in Zeytinburnu.

›Hätte ich bloß nicht gesagt, wo ich wohne‹, dachte ich insgeheim.

Sie klapperte irgendetwas in ihre Tastatur. Mich überkam ein Gefühl, als wollte sie das Gespräch beenden.

»Sie hatte auch mit Computern zu tun, nicht wahr?«

»Deniz? Äh, nein. Höchstens so viel wie Sie.«

»Aber machte sie nicht in Webdesign?«

»Auch darin war sie kaum besser als Sie. Ich kann mich nicht erinnern, Deniz am PC gesehen zu haben. Allein die Vorstellung kommt mir schon komisch vor. Wer hat Sie denn auf den Gedanken gebracht, mein Lieber?«

Ich überreichte ihr die Visitenkarte, die Deniz' Mann mir gegeben hatte.

»Deniz Cengiz Deren. Merkwürdig. Ah, hier steht nur ihre Handynummer. Bestimmt haben Sie diese Nummer angerufen.«

Ich hatte es diverse Male versucht, und jedes Mal hatte mir dieselbe Frauenstimme gesagt, ich solle es später wieder versuchen.

»Kam Ihnen die Visitenkarte nicht seltsam vor? Keine Büronummer, keine Adresse … Ich glaube nicht einmal, dass die Firma, die hier steht, existiert.«

V

Vor Jahren hatte meine Mutter mir erklärt: »Renne niemals hinter einer Frau her, wenn sie es nicht will. Manche Frauen tun so, als wollten sie es nicht, damit du hinter ihnen herrennst. Tu es nicht. Renne auch nie hinter einer Frau her, die es will. Lass sie hinter dir herrennen.«

Wenn ich all die Ratschläge meiner Mutter beherzigt hätte, müsste ich heute eigentlich ganz woanders stehen. Aber ich weiß nicht, ob es in der Praxis möglich ist, diesem Rat zu folgen. Eigentlich schien es ganz einfach: »Renne niemals hinter einer Frau her.« Um ehrlich zu sein, kenne ich kaum Frauen, hinter denen ich herrennen könnte. Und diese dann auch noch dadurch zu verlieren, dass ich nicht hinter ihnen herrenne, ist nicht sehr plausibel. Nun tat ich nichts anderes: Ich rannte hinter einer Frau her, und dann auch noch hinter einer, die ich nicht kannte. Tut mir leid, Mutter.

Als meine Mutter mit mir über diese Dinge sprach, hatte jene große Revolution Turgut Özals, in der er jeden Haushalt mit einem Telefonanschluss und löslichem Kaffee ausstattete, noch nicht stattgefunden. Ausländische Zigaretten waren Schmuggelware, und die Tage mit dem ersehnten Instantkaffee und langen Telefonaten lagen für uns noch in weiter Ferne. Was meine Mutter in den telefonlosen Zeiten mit Hinterherrennen gemeint hatte, war natürlich nicht das telefonische Bombardement, mit dem man heute Frauen bearbeitet, sondern genau das, was ich gerade tat, nämlich hinter einer Frau herzurennen.

Viele Jahre sind seither vergangen. Meine Mutter starb. *Heute ist Mama gestorben. Vielleicht auch gestern, ich weiß nicht,* hätte ich zu gern gesagt, wie in dem herrlichen Büchlein auf dem Tisch in der Volksbücherei, von dem ich nur die Anfangsseiten lesen wollte, das ich dann aber nicht mehr weglegen konnte und zu Ende las. Meine Mutter starb und danach mein Vater. Dann bekam jede Wohnung einen Telefonanschluss; in Krämerläden begann man, ausländische Zigaretten und Instantkaffee zu verkaufen. Heute importieren wir nicht nur Zigaretten aus Amerika, sondern sogar Minister. Mir ist es eigentlich egal; ich glaube nicht, dass es zwischen einem hiesigen Minister und einem aus dem Ausland einen Unterschied gibt. Der Neue beispielsweise, der gerade gekommen ist … Wobei, ich weiß eigentlich nicht einmal genau, was Minister tun.

Ja, wir traten in ein neues Zeitalter ein. Mittlerweile haben wir jede Menge löslichen Kaffee, ausländische Autos, Fernsehmoderatoren, denen wir per Fax unsere Verbundenheit und Anteilnahme bekunden können, Zweieinhalb-Liter-Flaschen Cola, wir besitzen vollautomatische Waschmaschinen und Geschirrspüler, Computer in fast jedem Haushalt sowie eine Heerschar von Popstars, welche die miserabelste Musik auf der ganzen Welt machen. Ich weiß nicht, ob ich mich freuen oder traurig sein soll, dass meine Eltern das nicht mehr erlebt haben.

In meiner Souterrainwohnung gibt es Telefon. Und Kabelfernsehen. Das ist alles, was ich mir an Segnungen der Moderne gönne. Meine Zigarettenmarke ist immer noch dieselbe, und mit Instantkaffee habe ich mich immer noch nicht anfreunden können. Und zu behaupten, dass das Telefon häufig klingelt, wäre eine fette Lüge.

Ich lag auf meinem Diwan und beobachtete die vor dem Fenster vorbeigehenden Füße. Ich hatte einen Job zu erledigen. Eine junge Frau war verschwunden, und ich hatte mich dazu verpflichtet, sie zu finden. Aber wie?

Deniz Deren führte ein geheimes Leben hinter dem Rücken ihres Mannes. In ihr steckte eine Deniz Cengiz, die weder ihr Mann noch ihre Freunde kannten. Ich fragte mich, inwieweit ich ihrem Mann meine Erkenntnisse mitteilen sollte. Ich hatte zwar vom ersten Moment an nicht viel von ihm gehalten, aber es war nicht einfach, einem Mann zu sagen, dass seine Frau über ein »lockeres Sexualleben« verfügte. Das würde ich nicht tun, aber ich könnte sie wenigstens finden. Schließlich hatte ich dafür auch schon Geld bekommen.

Ich rief noch einmal ihr Handy an. Bevor dieselbe Frauenstimme mich bitten konnte, es später noch einmal zu versuchen, legte ich auf. Das Handy war weiterhin ausgeschaltet.

In der Regel irrt man sich, wenn man denkt, dass man alles versucht hat, um jemanden zu finden. Es gibt immer einen Weg. Selbst wenn derjenige nicht gefunden werden will. Wenn Sie dann auch noch in einem Land wie der Türkei leben, wo man auf Schritt und Tritt eine Meldebestätigung von Ihnen verlangt, ist es äußerst schwierig, von der Bildfläche zu verschwinden, vor allem für einen Amateur.

Dass sie keine Anrufe entgegennahm, bedeutete nicht, dass sie das Handy nicht benutzte. Da gab es beispielsweise eine neue Dienstleistung ihres Betreibers: Bei Anruf bekam der Anrufer mitgeteilt, dass die Nummer nicht erreichbar sei. Gleich darauf wurde die Nummer des Anrufers per SMS an sie gesendet. Es konnte also sein, dass ihr Telefon eingeschaltet war. Oder dass ihr ständig meine Festnetznummer zugesimst wurde und sie nicht zurückrief, weil sie sie nicht kannte.

Es gab einen Jungen namens Fikret, den ich schon früher bei dem einen oder anderen Job um Hilfe gebeten hatte. Obwohl er gerade erst volljährig geworden war, wusste er so ziemlich alles über die mir unbegreifliche digitale Welt. Daher fühlte ich mich auch nicht gezwungen, ebenfalls auf den Technologiezug aufzuspringen. Anstatt eine Menge Dinge zu verfolgen, die sich ständig änderten und weiterentwickelten, erschien es mir doch weitaus sinnvoller, jemanden um Unterstützung zu bitten, der in diesen Veränderungen zu Hause war.

Fikret, der mir in jener kryptischen digitalen Welt unter die Arme griff, war ein vielversprechender Junge. Sein großer Bruder war ein Herumtreiber, der mir, als ich noch bei der Polizei war, immer wieder wegen kleinerer Delikte vorgeführt wurde. Unentwegt stand er wegen Besitz von Marihuana, Erregung öffentlichen Ärgernisses oder Einmischung in Schlägereien vor mir. Da ich nichts davon für eine Straftat hielt, die man an die Staatsanwaltschaft weiterleiten müsste, nahm ich ihn jedes Mal ein Weilchen in Gewahrsam und schickte ihn dann wieder nach Hause.

Es war an einem jener Tage, an dem Fikrets Bruder wieder einmal mit der Aussage aufwartete: »Die haben angefangen, Herr Kommissar, ich schwör's.«

Die Polizei hatte erst kurz zuvor mit Computern Bekanntschaft geschlossen, und ich legte ehrlich gesagt keinen allzu rühmlichen Start hin. Während Fikrets Bruder seine Aussage machte, bekam er mit, wie ich vor Wut mit der Faust auf den Bildschirm schlug.

»Kommissar, mein kleiner Bruder hat 'ne Ahnung von dem Zeug«, meinte er, vermutlich, um sich einzuschleimen, und bestellte Fikret ins Präsidium. Fikret reparierte meinen Computer, und sein Bruder entging für dieses Mal dem Gewahrsam. Da es Barbarei gewesen wäre, den großen Bruder jedes Mal festzunehmen, wenn der Computer anfing zu spinnen – denn das hätte lebenslange Haft bedeutet –, war ich so schlau gewesen, mir Fikrets Telefonnummer zu notieren. Und ohne sich dreimal bitten zu lassen, kam Fikret dankenswerterweise immer, um mir zu helfen, wenn ich ein computertechnisches Problem hatte.

Nach meinem Ausscheiden aus dem Dienst sahen wir uns eine Weile nicht. Als es dann eines Tages ein Computerproblem zu lösen galt, kam ich sofort auf die Idee, Fikret anzurufen. Seine Mutter, die das Gespräch entgegennahm, wähnte mich immer noch bei der Polizei und meinte: »Fikret hat einen Job gefunden, Herr Kommissar, er arbeitet.«

Nichts dagegen einzuwenden, dass Fikret einen Job hatte, aber er arbeitete am dümmsten Ort, den man sich vorstellen konnte: in einer Scharlatanfirma namens Orion, Zentrum für UFO- und Weltraumforschung. Keine Ahnung, was er dort trieb und ob er wirklich an UFOs oder ähnliche Dinge glaubte. Hauptsache, ich konnte ihn erreichen, wann immer ich wollte. Da ich nicht mehr bei der Polizei war, hatte ich angefangen, Fikret für seine Hilfe aus meinen Einkünften etwas zu bezahlen, worüber er natürlich sehr glücklich war.

Ich hob ab und rief ihn an. Eine automatische Zentrale begrüßte mich.

»Für UFO-Beobachtungen drücken Sie bitte die Eins, für paranormale Ereignisse bitte die Zwei. Um mit der Zentrale verbunden zu werden, drücken Sie bitte die Neun.«

Ich hatte weder in naher noch in ferner Vergangenheit ein UFO gesehen, und ich bin mir nicht einmal sicher, ob ich es bemerken würde, wenn ich eins sähe. Also drückte ich die Neun und verlangte nach meinem Spezi.

»Hallo, Chef!«

»Guten Tag, Fikret.«

»Du hast ewig nicht angerufen. Hast du etwa ein UFO gesehen?«

Ich mochte natürlich weniger seinen Humor oder seine Ausdrucksweise als vielmehr den Burschen selbst respektive seine Fähigkeiten.

»Wenn dem so wäre, hätte ich dann nicht die Eins drücken müssen?«

Er lachte: »Stimmt. Was kann ich für dich tun?«

Die moderne Jugend der modernen Zeiten. Sie kommt sofort zum Thema. Egal, um was es geht. Ich habe Mühe, sie mir bei der Zeremonie vorzustellen, wenn sie bei den Schwiegereltern in spe offiziell um die Hand der Braut anhalten.

»Hi, da sind wir, wir möchten um die Hand Ihrer Tochter anhalten, dürfen wir reinkommen?«, sagen sie höchstwahrscheinlich. Und garantiert kündigen sie sich auch vorher nicht an.

Auch ich sah keinen Grund, das Gespräch in die Länge zu ziehen.

»Ich habe hier eine Telefonnummer, es ist eine Handynummer. Ich würde gern wissen, wann das letzte Telefonat geführt wurde. Wie kann man das herausfinden?«

»Wenn du mir …«, begann er und stellte eine völlig unverständliche, teils aus Abkürzungen, teils aus Zahlen bestehende Bedarfsliste zusammen.

»So könnte ich es herausfinden«, meinte er abschließend.

»Okay, eine andere Methode? Die nicht so verzwickt wäre? Kann man das nicht über die Telefongesellschaft in Erfahrung bringen?«

»Klar geht das, aber die machen das nicht. Wenn man allerdings jemanden kennt …«

»Gibt es so jemanden?«

»Wie wichtig ist es denn?«

Ich überlegte kurz. Seine Frage war eigentlich gleichbedeutend mit: »Wie viel Kohle kannst du dafür abzweigen?«

Es wäre schon nervig, Zeit und Geld aufzuwenden und dann herauszufinden, dass dieses Handy seit Deniz Derens Verschwinden nicht benutzt worden war, aber den Versuch war es wert.

»Wenn wir nicht nur ausgehende, sondern auch eingehende Anrufe in Erfahrung bringen könnten oder zumindest, wann es das letzte Mal eingeschaltet wurde oder ob es im Moment eingeschaltet ist, dann wäre es schon wichtig. Falls du das hinkriegst, hätte ich eventuell sogar fünfhundert Millionen Lira für dich.«

»Fünfhundert Millionen. Nicht schlecht. Dann könnte ich das Gerät zu Hause upgraden. Ich sehe mal, was ich tun kann. Ich ruf dich an. Wie lautet die Nummer?«

Ich nannte ihm Deniz Derens Handynummer. Er sagte, er würde sich in den nächsten zwei Tagen melden.

»Mach dir keine Mühe. Ich rufe dich in zwei Tagen an.«

»Ach, stimmt. Du besitzt ja immer noch kein Handy. Schaff dir wenigstens einen Anrufbeantworter an. Die sind inzwischen richtig billig, weil kein Mensch sie mehr benutzt. Wobei – irgendwann haben sie womöglich antiquarischen Wert.«

»Vielleicht kaufe ich mir einen. Irgendwann mal.«

Ich würde mir natürlich weder heute noch morgen einen Anrufbeantworter kaufen. Was fühlt man, wenn man in eine leere, kalte Wohnung zurückkehrt und sieht, dass niemand eine Nachricht hinterlassen hat? Was für ein Gefühl ist es, mit einem Handy durch die Straßen zu gehen, auf dem man nie angerufen wird? Beides herauszufinden hatte ich nicht die geringste Absicht.

Ich rief Kemal Deren in der Redaktion an. Während mich das Telefonsystem von Sekretärin zu Sekretärin verband, fühlte ich mich wie jemand, der mit Pérez de Cuéllar zu sprechen versuchte. Fragen Sie nicht, wie ich auf Pérez de Cuéllar kam. Ich mag den Namen, auch wenn er lustig klingt, und für mich symbolisiert er eine wichtige Position. Einen solchen Namen zu tragen muss ein schönes Gefühl sein: ›Hallo, mein Name ist Cuéllar. Pérez de Cuéllar.‹

»Na, gibt's etwas Neues?«

»Nichts Wesentliches. Ich versuche, ihr Telefon zu erreichen.«

»Das habe ich auch schon versucht.«

In seiner Stimme lag unberechtigter Ärger. Ich musste ihm beibringen, dass ich nicht nur dasaß und ihre Handynummer wählte. Ich berichtete, was ich den ganzen Tag gemacht hatte, und von meiner Unterhaltung mit Emel, wobei ich die unliebsamen Dinge wegließ. In Bezug auf Fikrets Talente musste ich dicker auftragen, weil von meinem Gespräch mit Emel nach meinen wohlwollenden Auslassungen nicht mehr viel übrig blieb. Ich fragte ihn, warum er Emel nicht in Kenntnis gesetzt hatte.

»Selbst wenn sie etwas wüsste, hätte sie es mir mit Sicherheit nicht gesagt. Sie hat ja auch mit Ihnen nicht gesprochen. Sie ist eine Nervensäge. Mich wundert wirklich, wie Deniz mit ihr befreundet sein konnte.«

Mich wunderte es nicht. Zumindest nicht mehr als die Tatsache, dass Deniz Hanım einen solchen Mann geheiratet hatte. Ich zog es vor, ihm auch das zu verschweigen.

»Übrigens, haben Sie schon gehört? Hüsamettin Özkan ist zurückgetreten.«

»Nein, habe ich nicht. Ist das wichtig?«

»Aber natürlich. Wenn nun auch noch Kemal Derviş zurücktritt, ist der Weg frei für Neuwahlen.«

»Na denn.«

»Süreyya Bey, Sie interessieren sich wohl nicht sonderlich für Politik?«

»Nein.«

»Wenn ich nur so sein könnte wie Sie. Sehen Sie sich das an. Meine Frau wurde entführt, und ich rede von den Rücktritten im Kabinett. Dabei ist Politik gar nicht mein Ressort, sondern Sport. Wie dem auch sei, das ist wohl eine Berufskrankheit. Im Wirtschaftsressort haben wir einen Kollegen namens Önem, Önem Akdeniz. Vielleicht haben Sie von ihm gehört, Betriebswühlmaus nennen sie ihn. Jeden Monat liefert er garantiert eine Schlagzeile.«

Nie gehört.

»Bei dem Typ scheint sich das ganze Leben nur um Journalismus zu drehen. Aus allem, was er sieht, hört oder mitkriegt versucht er eine Meldung zu basteln. In alles steckt er seine Nase, er betreibt vierundzwanzig Stunden Journalismus, wie die alten Hasen sagen. In der letzten Zeit werde ich ihm scheinbar immer ähnlicher. Normalerweise bin ich nicht so an der Arbeit interessiert. Aber seit Deniz weg ist, ertappe ich mich dabei, dass ich andauernd über Journalismus nachdenke. Man würde eigentlich das Gegenteil erwarten, oder?«

»Ich weiß nicht. Vielleicht ist es so eine Art Abwehrmechanismus.«

»Kann sein. Bei Önem ist es womöglich genauso. Er ist ledig, und falls er eine Freundin hat, spricht er nie von ihr. Ach, überhaupt, sobald er anfängt zu reden, geht es um Wirtschaftsindikatoren oder darum, was sich gerade in welcher Führungsetage abspielt. Er spricht nicht viel, aber wenn, dann eben nur über solches Zeug.«

Ich stellte fest, dass er allmählich vom Thema abschweifte. Ich wurde zwar nicht für Psychoanalyse bezahlt, aber ich würde sagen, dass er das unbewusst tat. Ich hatte erst einmal zwei Milliarden Lira von ihm erhalten, und im Falle eines erfolgreichen Anschlusses würde er mir weitere drei Milliarden geben. Klingt vielleicht super, aber glauben Sie mir, wenn ich erst einmal das bezahle, was ich beim Krämer habe anschreiben lassen, und dann noch die Schulden bei ein paar Freunden begleiche, kann ich mit dem Rest beispielsweise nicht einmal eine dieser Reisen buchen, für die sie im Fernsehen Werbung machen. Warum ich in Urlaub fahren sollte, wo ich ohnehin das ganze Jahr über faulenze, ist übrigens eine andere Frage.

Zum Krämer habe ich ein prima Verhältnis. Ich bin höchstwahrscheinlich der Kunde mit den meisten Seiten in seinem Anschreibeheft. Gemeinsam haben wir uns zurückbegeben in die Zeiten von vor tausend Jahren; wir arbeiten nämlich fast nie mit Barzahlung. Zumindest nicht in den letzten fünf Jahren, wenn ich mich recht erinnere. Meine Schulden steigen täglich, aber es mag an meiner vertrauenerweckenden Erscheinung liegen, dass der Herr Krämer mich niemals darum ersucht, meine Schulden zu zahlen. Mir kommt schon der Gedanke, dass es daran liegen könnte, dass ich einmal Polizist war. Der Grund könnte aber auch sein, dass es unglücklich für ihn endete, als er vor Jahren, in leicht ungebührlichem Ton, eine entsprechende Forderung stellte und dabei einen meiner aggressiven Momente erwischte.

Mit siebzehn Stichen wurde er am Kopf genäht, und auch auf der Polizeiwache erfuhr er nicht gerade die beste Behandlung. Während ich mit dem dortigen Kommissar, einem Studienfreund aus der Akademie, oben Tee trank und über die alten Zeiten redete, wartete er nach dem Krankenhaus unten in der Gewahrsamszelle.

Es ist natürlich schwierig. Da schlägt so ein Esel Ihnen den Schädel ein, Sie erstatten Anzeige, und obwohl Sie der Anzeigende sind, stecken Sie vierundzwanzig Stunden in einer Zelle. Ich an seiner Stelle hätte auch Bedenken, mich an meine Schulden zu erinnern. Natürlich gibt es mittlerweile so etwas wie EU-Anpassungsgesetze, aber ich glaube nicht, dass diese bereits im Polizeipräsidium Zeytinburnu vorbeigeschaut haben beziehungsweise das in den nächsten zehn bis zwanzig Jahren tun werden. Zu unserer Zeit kam die Strafprozessordnung auf, die sogenannte CMUK. Danach durften wir Festgenommene nicht mehr misshandeln. Glauben Sie, dass wir noch in derselben Nacht aufgehört haben, die Häftlinge zu misshandeln? Glauben Sie natürlich nicht.

Nach meinem Telefonat mit Kemal Deren rief ich den Krämer an und bat um eine Flasche Weinbrand. Er murrte zwar immer ein wenig, wenn er Bestellungen von Tekel-Produkten aufnahm, hatte aber bisher nie Schwierigkeiten gemacht. Andernorts nennt man so etwas Überlebensinstinkt.

Während ich dasaß und meinen Weinbrand schlürfte, überlegte ich mir, was es am nächsten Tag zu tun gab. Es war gut, ein Mann mit einem geregelten Leben zu sein. So heißt es zumindest, und so wenig ich auch dieser Definition entspreche, so sehr bemühe ich mich, den Anschein zu wahren.

Zuerst würde ich die Bars abklappern, die Emel beschrieben hatte – besser gesagt: nicht hatte beschreiben können. Viel Sinn würde das allerdings nicht haben. Nur in amerikanischen Filmen bekommen Sie von Barkeepern Informationen. Bei uns sind Barkeeper meist Studenten, die neu in der Stadt sind und, wenn es hoch kommt, einen Monat oder zwei in der Bar arbeiten und dann einen anderen Job annehmen. In Anbetracht ihres Verdienstes und der Arbeit, die sie verrichten, entbehrt das zugegebenermaßen nicht einer gewissen Logik.

Ich wollte diese Bars ohnehin nicht besuchen, um Deniz zu finden, sondern um Hinweise auf ihren Lebensstil zu sammeln. Wie und in welcher Welt hatte sie vor ihrer Heirat gelebt?

Eine innere Stimme sagte mir, dass irgendetwas in Deniz' Vergangenheit mich ans Ziel bringen würde, und mit jedem Glas Weinbrand glaubte ich fester daran.

Manche von Ihnen dürften der Meinung sein, dass ich Zweifel an dieser Überzeugung haben sollte, aber im Gegensatz zu meinem in anderen Dingen schwach entwickelten Glauben vertraue ich auf die menschlichen Instinkte. Ich erinnere mich daran, dass mir einmal ein Arzt sagte, der Mensch habe keine Instinkte; daran hatte ich nie geglaubt. Schließlich fand ich seinen Zwillingsbruder, den er viele Jahre nicht gesehen hatte. Und zwar mit meinen, wie er behauptet hatte, nicht vorhandenen Instinkten. Klar, vielleicht nennt man das auch einfach nur anders.

VI

Es musste wohl an dem abschreckenden Namen gelegen haben, denn bei meinem Eintreten war das »Alamut« menschenleer. Keine Spur von Hasan-i Sabbahs Gefolge oder gar von ihm selbst. Auch die Dekoration ließ nichts von persischer Kultur erahnen. Es war eben eine Bar wie jede andere, und ihr Name lautete wie der jener Festung.

Wie vermutet, hatte der Barkeeper die Namen Deniz Deren oder Deniz Cengiz Deren noch nie gehört. Er arbeitete nur tagsüber und war im Übrigen auch kein Barkeeper, sondern eine ganz gewöhnliche Bedienung. In einer Bar, die tagsüber keine Besucher hatte, bestand wohl kein wesentlicher Unterschied zwischen Hinter-dem-Tresen-Stehen und Geschirrspülen. Ich spürte, dass er nicht zögern würde, mir zu helfen, wenn er könnte.

Dasselbe konnte ich von dem Barbetreiber allerdings nicht sagen. Seit ich hereingekommen war, sah er mich komisch an, was wahrscheinlich daran lag, dass er begriffen hatte, dass ich ein ehemaliger Polizist war. Das passiert mir hin und wieder. Manche aufmerksamen Augen – wobei ich als recht vorurteilsbehafteter Mensch diese Augen lieber als schuldbewusst bezeichnen würde – erkennen durch irgendetwas an meinem Aussehen und Gebaren in mir sofort den Polizisten. Das stimmt natürlich, und manchmal nützt es mir, nicht an diesem Eindruck zu rütteln. Dem Betreiber des »Alamut« gegenüber aber hielt ich es für notwendig, zu betonen, dass ich ein *Ex*-Polizist war.

»Nun sind Sie also im Detektivgeschäft, Süreyya Bey?«

»So etwas in der Art. Nennen wir es Beratung.«

»Und Ihre Aufgabe besteht darin, Deniz Hanım zu finden und zu Hause abzuliefern, ist das richtig?«

»Teilweise. Ich kann mit Bestimmtheit sagen, dass ich sie finden will, aber es ist nicht meine Aufgabe, sie danach zu Hause oder anderswo abzuliefern. Ich zwinge niemanden, etwas gegen seinen Willen zu tun.«

»Jetzt versteht man, warum Sie den Polizeidienst quittiert haben. Ich hatte es eigentlich nicht geglaubt, als Sie sagten, Sie seien Ex-Polizist. Denn … irgendwie sind Sie für den Ruhestand noch zu jung. Ich dachte, Sie tun nur so.«

»Es ist genau anders herum – manchmal tue ich so, als sei ich immer noch Polizist.«

»Ich verstehe. Eine offizielle Ermittlung ist es allerdings nicht, oder? Ich frage mich, ob sich auch die Polizei für diesen Fall interessiert.«

»Nein, tut sie nicht.«

»Dann ist es okay. Kommen wir nun zu Ihrer Deniz Hanım. Ich kenne eine Deniz, wie Sie sie beschreiben. Aber nur vom Namen her. Ja, es gibt eine Deniz Hanım, schön, mit langem schwarzem Haar und grünen Augen. Ich habe allerdings auch gehört, dass man sie mit anderen Namen gerufen hat.«

»Was meinen Sie mit anderen Namen?«

»Spitznamen vielleicht. Kommt doch vor. Die Jugend ist ganz wild darauf; bis zu einem gewissen Alter mögen sie es, wenn man sie nicht unter dem Namen kennt, den ihre Eltern ihnen gegeben haben, sondern unter dem, den sie selbst oder ihre Freunde sich ausgedacht haben.«

»Und danach?«

»Danach begreifen sie wohl selbst, wie blöd das ist. Der Zeitpunkt ist natürlich von Person zu Person verschieden. Ich habe einen Kunden, der jeden Abend herkommt, er ist einundvierzig. Seine Bekannten nennen ihn ›Unfall‹, und so stellt er sich auch vor. Man könnte meinen, es handle sich um eine Art von geistiger Zurückgebliebenheit. Können Sie sich das vorstellen? Ein Mann, der an den Tresen kommt und lachend sagt: ›Ein Unfall kündigt sich selten an!‹«

»Ihr Name?«

»Ich gebe Ihnen meine Karte.«

Auf der Visitenkarte stand als Name nur Orqan. Ich hätte schwören können, dass dies nicht der Name war, den seine Familie ihm zugedacht hatte. Er war nämlich offensichtlich in einer Epoche geboren, in der es keine Standesbeamten gab, die so – Sie suchen sich das ihrer politischen Auffassung Entsprechende bitte aus – tolerant oder ignorant gewesen wären, den Buchstaben Q zu akzeptieren. Es musste an meiner nach oben wandernden Augenbraue gelegen haben, dass er begriff, dass er etwas zu erklären hatte.

»Ich heiße Orkan. Der Knabe, der die Visitenkarten gedruckt hat, wollte wohl einen Scherz machen.«

Der Scherz des Knaben, der die Visitenkarten gedruckt hatte, trieb mir die Tränen in die Augen. Ich will nicht sagen, dass die Welt immer schlimmer wird, dazu bin ich nicht alt genug. Falls jedoch jemand behauptet, sie würde immer besser, dann mache ich von meinem Vetorecht Gebrauch. Ich steckte die witzige Visitenkarte in meine Tasche.

»Orkan Bey, ist es nicht ein wenig leer? Können Sie den Laden so halten?«

»Oh nein … Für diese Zeit ist er sogar überfüllt. Sie sind ja da.«

Die Möglichkeit, dass dies als höflicher Rausschmiss gemeint sein könnte, ignorierte ich geflissentlich.

»Ein einziger Gast genügt also?«

»Um diese Zeit ja. Vor elf Uhr abends kommt niemand.«

»Sie haben aber geöffnet?«

»Ja. Fürs Putzen, den Wareneinkauf. Efes liefert um diese Zeit das Bier. Außerdem kommen auch mal Leute, die in der Gegend arbeiten, in der Mittagspause vorbei, um sich zwei einfache Rakı zu genehmigen. Der eine oder andere Kunde, der den Abend früh einläuten will. Vielleicht war man auch im Kino oder so. Keine schlechte Idee, geöffnet zu haben, wenn die Leute kommen wollen. Man kann natürlich nur schwer ahnen, wann das ist.«

Das erschien mir logisch.

»Zurück zu Deniz Deren. Wann haben Sie sie das letzte Mal gesehen?«

»Das letzte Mal … Ich weiß nicht. Hier siehst du Leute, dann siehst du sie eine Weile nicht, es vergeht eine ganze Zeit und plötzlich tauchen sie wieder auf. Erst dann fällt einem auf, wie lange man sie nicht gesehen hat. Es sei denn, es ist jemand ganz Besonderes, natürlich.«

Nachdem er das gesagt hatte, präsentierte er ein überaus unangenehmes Augenzwinkern.

»Könnten Sie sie in den letzten Wochen gesehen haben?«

»Bestimmt sogar. Sie ließ sich lange Zeit nicht blicken, was schon verwunderlich genug war. Sie müssen sich oft sehen lassen.«

»Warum?«

»So halt«, meinte er und grinste vielsagend.

»War sie denn allein, wenn Sie sie gesehen haben?«

»Manchmal. Ich kann mich allerdings nicht erinnern, dass sie allein war, wenn sie ging.«

»War es immer ein bestimmter Mann oder war es jedes Mal ein anderer …?«

»Meistens unterschiedliche Männer«, schnitt er mir das Wort ab.

»Wenn ich heute Abend herkäme, könnte ich sie dann antreffen?«

»Vielleicht.«

Die Erklärung war verständlich genug. Mit der Information, Deniz Deren heute Abend »vielleicht« antreffen zu können, verließ ich das Etablissement.

Natürlich besuchte ich nicht nur das »Alamut«, aber weder wurde ich in den anderen Bars freundlicher aufgenommen noch erhielt ich nennenswerte Informationen. In einigen hieß es nur, dass ihnen die Dame bekannt vorkäme, mehr nicht.

Wenn ich schon einmal in Beyoğlu war, wollte ich auch gleich hören, was Fikret herausgefunden hatte. Er hatte zwar von »zwei Tagen« gesprochen, aber in der Regel erledigten diese Jungs ihre

Arbeit in wenigen Minuten und ließen sie dann einige Tage liegen, damit es komplizierter aussah. Das wusste ich übrigens von Fikret selbst. Seiner Schilderung nach beanspruchte ihn die Arbeit bei diesen UFO-Fritzen eigentlich nur zehn Minuten am Tag. Da er seinen Job aber »langsam und gemächlich« erledigte, suggerierte er seinen Bossen, dass er sein Gehalt verdiente. Das hatte er mir zwar ganz offen gestanden, ich konnte aber nicht sicher sein, dass er denselben Schwindel nicht auch mit mir anstellte.

Dem Mädchen am Schalter, das Tickets für das zum Zentrum gehörende Museum verkaufte, sagte ich, dass ich einen Freund treffen wollte. Während sie berechtigterweise darüber nachdachte, welchen Freund ich dort wohl haben könnte, nannte ich Fikrets Namen.

Als ich bei ihm ankam, wurstelte er gerade am PC an irgendwelchen seltsamen Bildern herum. Ich sah ihm eine Weile zu, dann sagte ich: »Hallo.«

»Oh, Chef! Herzlich willkommen! Setz dich, ich muss was erledigen, bin gleich fertig.«

Als er sich wieder mir zuwendete, waren etwa zehn Minuten vergangen.

»Bilder von UFOs. Gefaked natürlich. Und dann noch mit einem billigen Videoeffektprozessor. Heimarbeit. Kann man leicht erkennen. Ich kann dir sogar sagen, wie der Film heißt, aus dem sie die UFO-Szene herausgeschnitten haben.«

»Ihr werdet es also nicht an die Presse geben?«

»Wer weiß? Ich sage nur, dass es gefaked ist. Wenn's dem Boss gefällt, gibt er es vielleicht doch weiter.«

»Ich glaube, ich verstehe. Und, geht es in unserer Sache voran?«

»Weiter geht's gar nicht, ist nämlich fertig.«

Während er sich in seinen Stuhl warf, drehte er sich einmal um die eigene Achse. Das ähnelte ein wenig dem Jubel, wenn ein Fußballer ein Tor geschossen hatte. Ich vergaß halt manchmal, dass er eben nur ein Halbwüchsiger war.

»Wie lautet das Ergebnis?«

»Die Nummer, die du mir gegeben hast … Ab dem Datum, das du genannt hast, bis gestern wurde sie benutzt. Wahrscheinlich wird sie immer noch benutzt. Die Daten des Netzbetreibers sind ein bisschen chaotisch. Mein Kumpel hat mir gesagt, dass er die Daten der Basisstation kriegen kann, dafür bedarf es aber unbedingt einer offiziellen, schriftlichen Anweisung. Ohne diese Anweisung kann er nur sagen: Das Handy wird benutzt, und der Benutzer scheint ziemlich viel unterwegs zu sein. So die Worte meines Kumpels …«

»Sie war aber nicht erreichbar?«

»Ja, ich weiß. Das ist einer der Dienste des Betreibers. Der wird genutzt.«

»Und die Anrufe, die getätigt wurden, und die Anrufer?«

»Hier hast du die Anrufer. Sie sind auf zwei Arten aufgelistet, erstens nach Datum und zweitens nach Häufigkeit. Auf der zweiten Liste sehen wir natürlich dich auf Position eins.«

Ich nahm die Listen und sah sie mir an. Perfekt. Da standen die Nummern der Anrufer, und im Fall, dass es sich um Nummern desselben Betreibers handelte oder um bei der Auskunftsnummer 118 eingetragene Festnetznummern, sogar die Namen der Teilnehmer, auf die sie angemeldet waren. Auch wenn es ein wenig beängstigend war, meine eigene Nummer und meinen Namen auf der Liste zu sehen, so muss ich doch zugeben, dass manche technologischen Errungenschaften recht nützlich sind.

»Hier ist die andere Liste … Die Nummern, die sie angerufen hat. Die dürfte dich ein wenig erstaunen.«

Ich nahm die Liste zur Hand. Darauf stand nur eine einzige Nummer, und das war meine.

VII

Deniz Deren hatte von dem auf ihren Namen angemeldeten Handy eine einzige Nummer angerufen, und zwar die auf meinen Namen laufende Festnetznummer bei mir zu Hause.

Was für ein Meisterdetektiv! Seine Ermittlungen ergaben einen einzigen handfesten Verdächtigen, und das war er selbst. Ich war mir nicht einmal sicher, ob es sich hierbei um einen nützlichen Hinweis handelte, denn so zerstreut ich auch war, so hätte ich es doch gewusst, wenn ich in letzter Zeit eine Frau ihrer Freiheit beraubt oder wenn eine Frau sich zu mir geflüchtet hätte. Leider aber war seit geraumer Zeit die einzige Frau, die bei mir zu Hause ein und aus ging, Figen Hanım, meine Putzfrau. (Man wundert sich bestimmt, dass eine Putzfrau Figen heißt, aber man gewöhnt sich daran. Welch ekelhaftes Vorurteil, nicht wahr? Als müssten Putzfrauen immer dieselben Namen tragen wie unsere Mütter und Großmütter und nach Muff riechen. Eine Açalya, Melisa, Alara, Dilara oder Bengisu kann doch keine Putzfrau sein.)

Ein Alibi hatte ich auch nicht, denn das Senegal-Spiel hatte ich mir zu Hause allein angesehen, dafür hatte ich keine Zeugen. Irgendwie zweifelte ich jedoch daran, dass eine offizielle Ermittlung so weit führen würde.

Damit es technisch gesehen zu einem solchen Eintrag kommen konnte, musste Deniz Deren mich angerufen und ich ihren Anruf entgegengenommen haben. Denn ich nutzte ja keine Extraleistungen des Netzbetreibers oder anderer Anbieter und hatte es auch nicht vor.

Ich konnte mich allerdings nicht daran erinnern, mit Deniz Deren gesprochen zu haben. Vielleicht ein stummer Anrufer?

Seit Erfindung des Telefons erhalten wir alle stumme Anrufe. »Leere« Anrufe, bei denen sich am anderen Ende niemand meldet. Manche behaupten, das sei ein Zeichen dafür, dass unser Telefon abgehört wird. Ich glaube allerdings nicht, dass sich in meinem Fall jemand die Mühe machen würde. Alles, was er zu hören bekäme, wären Bestellungen beim Krämer oder beim Gasmann. Fikrets tödliche Witze, wenn er gelegentlich anruft, zähle ich gar nicht mit.

Hatte ich nun einen solchen stummen Anruf erhalten? Wie bereits erwähnt kommt es vor, dass mein Telefon wochenlang nicht klingelt. Ich würde mich also sogar an einen stummen Anruf erinnern. Aber ich erinnerte mich eben nicht.

Wir diskutierten lange mit Fikret über dieses merkwürdige Phänomen. Er telefonierte ein wenig herum und sprach mit ein paar Leuten, die mehr von der Sache verstanden.

Eine Möglichkeit könnte gewesen sein, dass mein Telefon während meiner Abwesenheit geklingelt hatte und es aufgrund eines Defekts so aussah, als wäre das Gespräch angenommen worden, was mir nicht allzu plausibel erschien. Nach einem seiner Telefonate aber wartete Fikret mit einer neuen Information auf. Wenn der Mobilfunkteilnehmer es stur weiter klingeln lässt, könnte es sein, dass eine Gebühreneinheit berechnet wird. Das hatten Fikrets Spezis bei der Betreiberfirma ausgeplaudert, allerdings ohne Gewähr, wie sie eilig hinzufügten.

Diese Option erschien mir stimmiger, und wieder einmal erinnerte ich mich an den Ratschlag meiner Mutter, Gott hab sie selig. Wenn ich zu Hause gesessen hätte, anstatt hinter Deniz Deren herzurennen, hätte ich sie vielleicht längst aufgespürt. Noch einmal dachte ich voller Liebe und Respekt an meine Mutter.

Das eigentlich Interessante war, dass Deniz Deren mein Telefon wahrscheinlich ewig hatte klingeln lassen. Dieser Anruf hatte stattgefunden, nachdem ich versucht hatte, sie auf dem Handy zu erreichen – laut meinen Notizbuchaufzeichnungen einen Tag nach meinem Gespräch mit Emel Yunak. Und nein, sie war vor diesem Versuch, mich anzurufen, nicht von Emel

Yunak angerufen worden; und auch sie hatte Emel Yunak nicht angerufen – sie hatte ja nur mich angerufen. Dies bewies allerdings nicht, dass Emel Deniz nicht von einer anderen Nummer aus angerufen hatte oder umgekehrt Deniz Emel, und ich hatte nicht die Absicht, zu recherchieren, wer Emel Yunak beziehungsweise wen Emel Yunak angerufen hatte, sei es im Büro oder per Handy.

Ich freute mich, Emel Yunak wiederzusehen, aber es stimmte mich traurig, ihr nicht mehr vertrauen zu können. Ach, was für ein Unsinn, warum sollte sie eine gute Freundin an einen verlotterten Ex-Polizisten ausliefern? Womöglich bemogelte ich mich selbst, aber eigentlich war das ein Zeichen dafür, dass sie eine charakterstarke Frau war.

VIII

Es war bereits etwas spät, als ich von Fikret wegging, und so verschob ich einen Besuch bei Emel Yunak. Für jenen Abend hatte ich andere Pläne: Ich wollte im »Alamut« mein Glück versuchen, um die Deniz Cengiz zu treffen, die sich in Deniz Cengiz Deren verbarg. Manchmal hat man Glück. Aber nicht immer. Ich hatte zwar schon von Leuten gehört, die zweimal bei Milli Piyango gewonnen hatten, weiß aber, dass ich nicht zu jenen Glückspilzen gehöre, und kaufe deshalb niemals ein Los. Das ist natürlich einer der Gründe, warum ich keinen Preis gewinne, aber meines Erachtens nicht der einzige.

Wie dem auch sei; ich kaufte ja kein Lotterielos, sondern wollte nur mein Glück versuchen, um Deniz Cengiz an einem Ort zu finden, an dem sie früher schon gesehen worden war, und deswegen wird man mich nicht der Spielsucht bezichtigen können. Ich suchte nach einer Frau, ohne ein vernünftiges, aktuelles Foto von ihr zur Verfügung zu haben.

Es gab noch einen weiteren Grund, mein Treffen mit Emel Yunak zu verschieben. Ich wollte wenigstens einen Tag lang den Ratschlag meiner Mutter nicht in den Wind schlagen. Vielleicht nützte es ja. In solchen Dingen kann man nie wissen.

Anstatt Emel aufzusuchen, verspeiste ich also im Nizam Pide-Lokal einen *fırın sütlaç* ganz nach meinem Geschmack und beglückwünschte mich zu dieser Entscheidung.

Hasan-i Sabbahs Assassinen, die tagsüber gefehlt hatten, hatten vor dem Eingang des »Alamut« bereits Stellung bezogen. Beim Anblick der beiden Kolosse, die aus halb zusammengekniffenen Augen einschüchternde Blicke um sich warfen, erschien mir der Name »Alamut« gar nicht mehr so seltsam.

Gewonnen haben natürlich die, die darauf gewettet haben, dass man mich nicht hineinließ. Tut mir leid für diejenigen, die

Geld darauf gesetzt haben, dass ich bequem hineinmarschieren würde, aber die hören mir wohl nicht richtig zu.

Als die beiden Gorillas darauf beharrten, mir den Einlass zu verwehren, sagte ich ihnen, dass Orkan Bescheid wüsste, aber auch das kümmerte sie nicht. Als letztes Mittel zückte ich »Orqans« Visitenkarte und hielt sie ihnen vor die Nase.

Ich kann nicht behaupten, dass sie beim Anblick der Karte sonderlich erfreut waren. Sie ließen mich auch nicht postwendend durch. Während der eine am Eingang wartete, ging der andere hinein und kam nach einer Weile mit Orkan zurück.

»Hallo. Ich glaube, Sie haben leichte Probleme mit unserer Security. Kommen Sie bitte herein.«

»Danke schön.«

»Verzeihen Sie, das ist nichts Persönliches. Sie sind dazu angehalten, keinen einzulassen, den sie nicht kennen.«

Als ich die Menschenmenge sah, begriff ich, dass er das nur aus Gefälligkeit gesagt hatte. Wenn die beiden Kolosse sich so viele Gesichter einprägen konnten, waren sie am falschen Ort. Das bedeutete prinzipiell natürlich nicht, dass sie das Potential zum Physikingenieur gehabt hätten, aber sie hätten zumindest in der Werbung für Gedächtnistrainingssets in einem dieser Lokalsender als Erfolgsbeispiele auftreten können.

Auf dem Weg zum Tresen fragte ich Orkan, ob Deniz Cengiz heute Abend hier sei.

»Nein. Für sie ist es noch zu früh. Aber der Mann, mit dem sie letztens die Bar verließ, ist hier«, erwiderte er und zeigte mit einer leichten Kopfdrehung auf einen Typen im hinteren Bereich. Offensichtlich war Orkan völlig in seinem Element und sah zu viele Krimis.

Ich blickte zu dem Mann. An einen Stehtisch angelehnt trank er sein Bier; er hatte eine Frau bei sich, zwar nicht so schön wie Deniz Cengiz oder Emel Yunak, aber doch ziemlich hinreißend.

»Haben Sie ihn vorher schon mal gesehen?«, riss Orkan mich aus meinen Gedanken. Bis zu seiner Frage war ich im Geiste mit

Emel Yunak eine über das Platonische hinaus reichende Beziehung eingegangen, hatte mich zweimal unendlich mit ihr gestritten und sogar schon wieder versöhnt. Verzeihen Sie mir die Unsinnigkeit meiner Träume, aber ich bin beim Träumen ebenso untalentiert wie beim Süßholzraspeln. Hatte Emel Yunak mir nicht schon meine billigen Komplimente vorgeworfen?

Orkan wartete auf eine Antwort, und woran dachte ich? Offenbar musste ich schnellstens in Behandlung.

»Nein, ich sehe ihn zum ersten Mal. Sieht aus, als hätte er Ersatz gefunden.«

»Ob er sie gefunden hat oder sie ihn, kann ich nicht sagen«, meinte Orkan und zwinkerte schelmisch, als teilten wir ein bedeutendes Geheimnis.

»Was darf es sein?«

»Wie bitte?«

»Zu trinken? Was darf's sein?«

»Ah, jetzt verstehe ich. Spricht etwas dagegen, wenn ich gern einen Rakı hätte?«

»Aber nein. Viele unserer Gäste trinken Rakı. Ich auch. Ich kann gar nicht verstehen, wie manche denken, dass man in einer Bar keinen Rakı trinkt. Schließlich ist das hier doch eine Bar, nicht wahr? Jeder soll konsumieren, was er möchte. Solange es nicht illegal ist, natürlich.«

Wieder dieses Augenzwinkern. Ich fragte mich, ob er vielleicht einen Tic hatte.

Er winkte einen Kellner heran und bestellte.

»Kennen Sie den Mann? Hätten Sie etwas dagegen, wenn ich mit ihm rede?«, fragte ich und zeigte mit derselben Kopfbewegung nach hinten.

»Aber nein. Es wird Ihnen aber wahrscheinlich nichts nützen. Sie haben sich hier kennengelernt, und es verbindet sie wohl kaum eine tiefe Freundschaft. Das hängt natürlich von Ihrem Blickwinkel ab. Sie gingen gemeinsam weg, aber ich dachte nicht, dass sie auf dem Weg ins Kino waren, selbst wenn es um diese Zeit noch eine Vorstellung gegeben haben sollte. Macht man so seine Arbeit als Detektiv? Ich meine – gehen Sie so vor?«

Ich nahm einen Schluck Rakı und sah ihn an. Er wollte etwas anderes von mir erfahren oder er wollte mich für etwas benutzen, das nichts mit dieser Angelegenheit zu tun hatte. Ich kenne diese Typen. Sie können es einfach nicht lassen: Bevor sie etwas wollen, demonstrieren sie unbegründete Nähe. Nun, man muss ihnen recht geben, denn meistens sind ihre Wünsche dergestalt, dass Nähe ein Muss ist, um sie vorbringen zu können.

»In etwa. Das Seltsame an diesem Job ist, dass er nie gut oder schlecht läuft. Er endet einfach. Ob er gut ausgeht oder schlecht, kann ich nicht wissen, aber man kann auch schwer sagen, ob ein noch nicht beendeter Job gut läuft oder schlecht. Er läuft einfach. Ich wünsche mir nur, dass er nicht zu lange dauert. Ob positiv oder negativ, jede Akte muss geschlossen werden, und davon hängt ab, ob man seinen Job gut oder schlecht macht. Egal, wie du die Akte abschließt – wenn es schnell geht, ist es gut, wenn es lange dauert, ist es schlecht.«

»Selbst wenn Sie die gesuchte Frau nicht ausfindig machen können?«

»Nein, ich habe es wohl nicht richtig erklärt: Wenn ich die Frau nicht finde, bleibt die Akte offen. Nur wenn ich sie finde oder wenn sich herausstellt, dass ich sie niemals finden werde, ist der Fall abgeschlossen. Von diesen beiden Optionen ist keine besser oder schlechter als die andere, das wollte ich damit sagen.«

»Das klingt ein wenig gefühllos, glaube ich.«

»Keine Ahnung. Das ist so, wie wenn Ärzte über ihre toten Patienten sagen, dass sie ›ex gegangen‹ sind. Eine Person, die ich suche, ist für mich eine Akte, und meine Arbeit besteht darin, diese Akte zu schließen.«

Die Plauderei mit mir gefiel ihm wohl nicht – was ich ihm nicht zum Vorwurf machen kann –, denn er ließ mich allein, nicht ohne zu betonen, dass er später unbedingt wieder mit mir reden wollte. Ich hatte recht. Der Kerl wollte noch etwas anderes von mir.

Es muss während meines dritten oder vierten Rakı gewesen sein, genau erinnere ich mich nicht. Als der Mann, der schon einmal mit Deniz Cengiz gesehen worden war, mit seiner neuen Flamme die Bar verließ, spürte ich, dass die Frau, die ich suchte, heute Nacht nicht kommen würde. Fragen Sie aber nicht, warum. In der Regel gibt es weder für meine Entscheidungen noch für meine Gefühle einen Grund. Was meine Kontakte angeht, die lassen wir besser ganz beiseite.

Als ich gegen drei Uhr morgens die Bar verließ, hatte ich nichts, von den fünf Rakı in meinem Magen und dem Alkohol in meinem Blut einmal abgesehen. Um voranzukommen, musste ich mich mit Emel Yunak treffen, und das stimmte mich gar nicht einmal so traurig.

IX

»Du warst lange nicht hier, Chef. Siehst wieder aus wie ein Terrorist«, brummelte Recep, der Barbier, während er für die Shavette eine Rasierklinge in zwei Teile brach.

Ich gab keine Antwort. Ich war mir nämlich nicht sicher, ob er eine hören wollte. Viele Leute nennen mich weiterhin »Kommissar«, obwohl sie wissen, dass ich nicht mehr im Dienst bin. Bei meinem Ausscheiden kam mir hin und wieder schon der Gedanke, ob ich wohl erwartete, dass man mich auch im Zivilleben weiterhin so titulierte. Ich fürchtete, diese Anrede zu erwarten – so wie Offiziere im Ruhestand, die davon ausgehen, stets als »Kommandant« angesprochen zu werden. Es ist eine komische Sache. Es stört mich nicht im Geringsten, dass Leute, die mich nicht kennen, mich nicht mit »Kommissar« ansprechen, aber wenn Leute, die mich kennen, mich so nennen, geht mir das hin und wieder auf die Nerven. Recep gehört zu den wenigen Ausnahmen. Manchmal kommt es mir sogar zugute. So muss ich beispielsweise für die Rasur nichts bezahlen.

Recep schäumte mir das Gesicht ordentlich ein und entfernte mit dem Rücken der Shavette den Schaum unter meinen Koteletten. Seit Jahren denke ich an diesem Punkt jedes Mal: ›Und wenn er sich vertut und die Schneide nimmt?‹ Für mich ist das stets der spannendste Moment beim Barbier.

Mit dem Zeigefinger verteilte er den Schaum auf meinem Schnauzer, was ebenfalls zu den mir verhassten Dingen gehört. Ich begriff nicht, warum er mir das Zeug nicht gleich auf den Schnauzer schmierte. Meine Neugier war jedoch nicht mächtig genug, um ihn danach zu fragen, denn wie fast alle Herrenfriseure war auch Recep dafür berühmt, seine Kunden verbal zu foltern, indem er bei jedwedem Thema vom Hundertsten ins Tausendste kam.

Während ich mich von meinem Bart verabschiedete, fragte ich mich mit einem Blick in den Spiegel, ob dieses Gesicht tatsächlich meins war. Gehörten jenes faltige Gesicht, das ich Receps Händen anvertraut hatte, und diese Hohlwangen wirklich mir?

Dieweil ich mich, so gut es ging, mit meinen existentiellen Problemen beschäftigte, ließ Recep mit der Frage, die ich bereits erwartet hatte, nicht lange auf sich warten: »Trinkst du einen Tee, Chef? Nimm einen Tee, trink was.«

»Danke«, brabbelte ich zwischen leicht geöffneten Lippen hervor, um keinen Schaum in den Mund zu bekommen, und fragte mich wieder einmal, wie Recep auf die Idee kam, dass ich Tee trinken könnte, während er mich rasierte. Ich könnte allerhöchstens eine rauchen, aber mir war es stets ein wenig surreal vorgekommen, wenn ein Mann bei der Rasur Tee trank oder rauchte. Ich bekam schon mal mit, dass Kunden Receps Angebot annahmen. Ich habe aber leider niemanden gesehen, der seinen bestellten Tee getrunken hätte.

»Den Kopf ein wenig nach rechts, Abi. Jetzt nach links. Den Kopf ordentlich nach hinten.«

Wie willst du da trinken?

Bevor wir zu meiner Lieblingsanwendung mit dem warmen Handtuch übergingen, fragte Recep wie üblich: »Süreyya Abi, soll ich auch die Ohren- und Nasenhaare wegmachen?«

Ehm, zum ersten Mal in meinem Leben sagte ich: »Ja.«

Ich hatte schon vorher bei Kunden rechts und links von mir beobachtet, wie diese Prozedur vor sich ging, und schloss die Augen. Ich spürte, wie es warm wurde in meinen Hörorganen, dann begann Recep, an meiner Nase herumzufummeln.

Ich erhielt wichtige Informationen von Recep, so etwa, dass unser Erziehungsminister zurückgetreten war und İsmail Cem seinen Rücktritt angenommen hatte, wie nützlich Ortegas Transfer für Fenerbahçe sein und ob Hakan Şükür in Parma wohl Erfolg haben würde. Während ich seinen Einschätzungen über den Türkeibesuch des ehemaligen US-Präsidenten Clinton mit halbem Ohr lauschte und brummend zustimmte, endete auch die Folter. Ich machte Anstalten zu zahlen, aber wie stets sagte Recep: »Diesmal geht's aufs Haus, Abicim.«

Nun, es ging immer aufs Haus, und ich hatte nichts dagegen. Die Leute beschenken Polizisten gern. Und sei es auch nur ein Ex-Polizist.

Ich ging nach Hause, duschte ordentlich und entledigte mich zusätzlich einiger Körperhaare, deren Entfernung durch Recep ich nicht zugestimmt hätte. Bevor ich mich anzog, nahm ich die Parfümflasche in die Hand, die mir vor Jahren einmal jemand geschenkt hatte. Es war jedoch nur noch wenig Parfüm darin – man nennt das, glaube ich, »in Spuren«. Zuerst goss ich den Inhalt auf meinen Körper. Was herauskam, waren drei bis fünf Tropfen. Dann montierte ich den Verschluss ab, füllte den Flakon zur Hälfte mit Wasser und kippte das Ganze auch noch über mir aus. Es wäre nicht schlecht, wenn mir jemand in den nächsten Tagen ein Fläschchen Parfüm schenkte.

Während der Anziehprozedur entdeckte ich mich im Spiegel. Der Meisterdetektiv! Er bereitet sich auf eine Befragung vor und steht nun in einer blauen Junggesellen-Unterhose vor dem Spiegel! Ich schämte mich vor mir selbst; vor allem in Anbetracht des Resultats meiner Bemühungen.

Ich muss nicht extra betonen, dass ich die Unterhose, die mir drei Tage ununterbrochen am Hintern geklebt hatte, gewechselt hatte. Ich fragte mich, ob ich mich für eine Ermittlung oder für ein Rendezvous zurechtmachte, und zog das Hemd aus dem Schrank, das ich zwei Jahre zuvor auf der Hochzeit eines Freundes getragen hatte. Den obersten Knopf kriegte ich ein wenig schwer zu, aber es gelang. Da die Hose, die ich auf jener Hochzeit angehabt hatte, einem Bügelunfall zum Opfer gefallen war, streifte ich die Hose über, die nach der Hinübergegangenen die zweitbeste war.

Die Krawatte bereitete mir einiges Kopfzerbrechen. Vor Kurzem hatte ich auf der Eisenbrücke in Bakırköy am Stand des

Bücherverkäufers Kerim, den ich vor Jahren aus ganz anderen Gründen kennengelernt hatte, ein recht merkwürdiges Buch über Krawatten gesehen, und weil ich Zeit hatte, setzte ich mich gleich hin, trank einen Tee, den Kerim unter dem Verkaufstisch auf einem Campingkocher gebrüht hatte, und las mehr als die Hälfte des Buchs. Nicht weil ich einen Schnelllesekurs besucht hatte oder Kerim stundenlang an der Backe kleben wollte, sondern weil es ein echt nettes Büchlein war. In diesem seltsamen Accessoire, das ich jahrelang für völlig überflüssig gehalten hatte, steckten so viele Symboliken. Nun, ich hatte sie gerade nicht im Kopf und besaß ohnehin nur drei Krawatten. Und war gezwungen, mich für die einzige gebügelte zu entscheiden.

Die Fragen, die ich Emel Yunak stellen wollte, und ihre Antworten schwirrten mir im Kopf herum. In der Regel läuft es auf dem Weg zu einem Treffen so ab: Ich lege mir Fragen zurecht und überlege mir die möglichen Antworten und wie ich sie sogleich in neue Fragen ummünzen kann. Ich muss gestehen, dass das Gespräch, das mir durch den Kopf ging, sich diesmal etwas anders gestaltete:

›Emel Hanım? Ich glaube, Sie haben Deniz Cengiz erzählt, dass ich sie angerufen habe?‹

›Ja, aber dafür gibt es einen Grund.‹

›Und der wäre?‹

›Dass Sie wiederkommen würden, wenn Sie es herausfinden. Und ich Sie wiedersehen würde.‹

›Sie wollten mich also unbedingt wiedersehen.‹

›Ja. Sie gehen mir nicht mehr aus dem Sinn. Ach, lassen wir das. Ich habe Hunger.‹

›Ich könnte Sie zum Essen einladen.‹

›Das wäre wunderbar. Ich bin in fünf Minuten fertig.‹

Hört, hört! Die Befragung verlief natürlich ganz anders.

X

Als ich Emel Yunaks Büro betrat, war sie wieder am PC beschäftigt und telefonierte nebenbei. Sie lächelte mich höflich an und bedeutete mir mit einer anmutigen Kopfbewegung, mich zu setzen.

»Okay. Wir reden später«, sagte sie und legte auf. Sie können sich nicht vorstellen, was sie anhatte … Es war ein Trägerkleid. Weiß, mit einem Muster aus kleinen japanischen Schriftzeichen. Womöglich hatten sie sogar eine Bedeutung. Als sie aufstand, um mir die Hand zu schütteln, sah ich, dass sie reichlich Dekolleté zeigte. Ihr Kleid war um die Hüften gerafft und betonte ihre schmale Taille und – Gott möge mir meine Worte vergeben – wie beim letzten Mal trug sie keinen BH. Es sah nicht so aus, als würde sie einen brauchen: Ich wette meinen Kopf, dass sie den Bleistifttest bestanden hätte.

»Schön, dass Sie da sind, Süreyya Bey. Bitte nehmen Sie Platz.«

»Danke, Emel Hanım.«

»Ich möchte Ihnen gern etwas anbieten. Beim letzten Mal war ich eine schlechte Gastgeberin, was ich aber erst gemerkt habe, als Sie bereits weg waren.«

»Ich bitte Sie. Aber ein Tee wäre nicht schlecht.«

Sie nahm den Hörer ab, drückte ein paar Tasten und bestellte einen Schwarztee und einen Hagebuttentee.

»Sie haben sich seit dem letzten Mal ganz schön verändert. Ich glaube, Sie haben heute Abend ein Rendezvous.«

»Ja, das hoffe ich.«

»Ich verstehe nicht?«

»Sie sagten doch, Sie glauben. Genau genommen habe ich kein Rendezvous, aber ich hoffe, dass ich eins haben werde«, sagte ich und wunderte mich selbst über meine Courage. Aber gut, dass ich das gesagt hatte, denn Emel Yunak gab einen Lacher von sich.

»Mein Lieber, waren Sie nicht ohnehin hinter einer Frau her?«

Eine Antwort war nicht vonnöten. Daher ersparte ich sie mir und erinnerte mich daran, dass ich derjenige war, der die Fragen stellte.

»Wenn Sie gestatten, hätte ich ein paar Fragen.«

»Bitte, nur zu.«

»Haben Sie irgendjemandem gegenüber unser Gespräch erwähnt?«

»Was bringt Sie auf die Idee, dass ich das getan habe?«

Ich gebe zu, das war eine blöde Frage. Auf dem Weg hierher hatte ich mich derart auf den letzten Teil der Befragung konzentriert, die in einem möglichen Abendessen enden könnte, dass ich mir meine erste Frage gar nicht überlegt hatte. Und weil ich nicht allzu einfallsreich bin, war mir diese blöde Frage einfach so herausgerutscht.

»Nach unserem Gespräch rief Deniz Hanım mich an.«

»Ah!«

»Ja. Ich fragte mich, ob Sie etwas damit zu tun haben. Wenn ja, so möchte ich, dass Sie wissen, dass ich das verstehen kann. Ich kann schließlich nicht von Ihnen erwarten, dass Sie eine enge Freundin an einen dahergelaufenen Ex-Bullen ausliefern.«

»Worüber haben Sie gesprochen?«

»Das ist das Problem. Sie rief an, als ich nicht zu Hause war.«

»Und sie hat eine Nachricht auf Ihrem Anrufbeantworter hinterlassen, stimmt's?«

»Nicht ganz. Ich besitze nämlich keinen. Aber aus den Daten des Mobilnetzbetreibers geht hervor, dass ich der Letzte war, den sie anrief. Es muss wohl eine technische Panne gewesen sein, denn obwohl ich den Anruf nicht entgegennahm – wenn, könnte ich mich sicher daran erinnern –, wurden Gebühren berechnet.«

»Ah, ich verstehe. Ob jemand abhebt oder nicht, Hauptsache, sie kassieren. Aber wie sind Sie an diese Information gekommen, mein Lieber? Sie sagten doch, sie hätten mit Computern nichts am Hut, und an solche Daten kommt man nicht leicht heran.«

»Stimmt, ich habe wirklich keine Ahnung. Aber es gibt Leute, die das für mich erledigen.«

»Ich verstehe. Sie haben also einen Hacker bemüht?«

»Wenn Sie es so nennen wollen. Einen Jungen eben, der mit Computern umgehen kann.«

»Es sind immer Jungen.«

»Sie haben meine Frage nicht beantwortet.«

»Verzeihung, wie war die Frage?«

»Haben Sie Deniz Hanım angerufen und unser Gespräch erwähnt?«

»Ich weiß nicht, wie ich Sie davon überzeugen soll, aber: nein. Das heißt: doch, aber nicht so, wie Sie denken. Es wird Ihnen unsinnig vorkommen, aber sie wollte, dass ich Nachforschungen über Sie anstelle.«

»Ich verstehe nicht?«

»Da gibt es nichts zu verstehen. Ich habe mit Deniz gesprochen, aber sie war es, die angerufen hat. Sie gab mir eine Telefonnummer und bat mich, den Teilnehmer zu ermitteln. Ich sagte ihr, sie solle mich in zehn Minuten wieder anrufen, und legte auf. Ich wollte schon im Internet nachsehen, da kam mir die Nummer auf einmal bekannt vor. Ich sah mir die Nummer an, die Sie mir gegeben hatten: Es war dieselbe. Wo hatte sie Ihre Telefonnummer her? Ich habe sie nicht danach gefragt, und als Deniz anrief, erzählte ich ihr nur, dass Sie zwar der Detektiv sind, der nach ihr sucht, meiner Meinung nach aber in Ordnung zu sein scheinen.«

»Vielen Dank dafür.«

»Tja, wenn Sie bei Ihrem ersten Besuch in diesem Outfit gekommen wären, hätte ich bestimmt noch viel nettere Dinge gesagt.«

»Ich danke Ihnen.«

Ich war rot geworden. Fragen Sie mich nicht, warum. Aber wenn Sie es unbedingt wissen wollen, so lag es im Wesentlichen an Emel Yunaks warmem Lächeln. Wie ein warmes Lächeln aussah oder ob ein Lächeln eine Temperatur hatte – das hatte ich vorher gar nicht gewusst.

»Gern geschehen. Wobei man, weil Sie frisch rasiert sind, gleich sieht, dass Sie rot geworden sind.«

Mir fehlen die Worte, zu beschreiben, wie es mir in dem Moment ging. Gott sei Dank kam gerade der Tee und ich ergriff die Gelegenheit beim Schopf, um das Thema zu wechseln.

»Kann ich sie denn erreichen? Schließlich versucht sie ja, mich zu anzurufen, aber …«

»Ah, nur wenn sie es will. Ich empfehle Ihnen, heute Abend zu Hause zu bleiben. Ich kann Deniz nicht erreichen, aber sie mich. Falls sie anruft, gebe ich Ihnen Bescheid. Versprochen. Und falls Deniz Sie anruft, habe ich zumindest das Gefühl, dass Sie mir ebenfalls Bescheid geben werden. Um ihre alte Freundin zu beruhigen, und um …«

Nach der Hälfte des Satzes hielt sie mit einem Lächeln inne und nahm einen Schluck von ihrem Hagebuttentee.

»Und um?«

»Sie verstehen wirklich nichts von diesen Dingen, oder? Sie kommen hierher wie ein aufgeregter Pennäler, mit einem Jackett, das vor vierzehn Jahren mal in Mode war, und mit einer Krawatte, vor der Gott uns bewahren möge.«

Vor Scham versank ich im Erdboden. Ich wusste nicht, ob ihr Kommentar stimmte, aber im Bezug auf meine Klamotten war ich nicht imstande, ihr zu widersprechen.

»Falls ich Sie belästigt haben sollte …«

»Jetzt schämt er sich auch noch! Ich verrate Ihnen jetzt ein Geheimnis, mein Lieber, aber versuchen Sie ja nicht, es auszunutzen. Ich denke wirklich, dass Sie ein harter Bursche sind, aber auch wie ein Kind. Es heißt doch, alle Männer seien wie Kinder, und dem stimme ich nicht unbedingt zu. Aber in Ihrem Fall …«

Ich hob den Kopf und sah sie an.

»Okay! Das genügt. Falls Sie die Hoffnung hatten, sich heute Abend mit jemand anderem zu verabreden, wünsche ich Ihnen viel Erfolg, Sie harter Bursche. In Bezug auf mich müssen Sie allerdings wenigstens bis Samstag warten.«

»Na, dann geh' ich mal nach Hause.«

»Haben Sie nicht etwas vergessen?«

»Muss ich wohl, denn es fällt mir nicht ein …«

»Holen Sie mich am Samstagabend um sieben von hier ab. Und, um Himmels willen, binden Sie sich wenigstens eine andere Krawatte um!«

XI

Nun kam der unangenehmste Teil des Jobs: Ich musste Kemal Deren über den Stand der Dinge informieren. Was sollte ich ihm sagen?

›Ihre Frau wurde nicht entführt, sie hat sich aus dem Staub gemacht.‹

›Nein, das kann nicht sein!‹

Ungefähr so würde es ablaufen. Ich würde den seelischen Absturz eines Journalisten miterleben, der dank akribisch geführter Statistiken über Vorlagen aus dem Mittelfeld und Diagonalpässe und deren trefflicher Interpretation oder aus anderen, mir unbekannten Gründen eine steile Karriere hingelegt hatte. Ich hielt es für etwas verfrüht, ihn über die Fakten in Kenntnis zu setzen, und wählte seine Nummer.

»Hallo, Kemal Bey.«

»Süreyya Bey, hallo. Sie waren wohl beschäftigt, denn Sie sind nicht ans Telefon gegangen.«

»Ja. Wir sind an einem interessanten Punkt angekommen. Ich habe die Hoffnung, Deniz Hanım noch diese Woche zu treffen.«

»Haben Sie sie gefunden?«

»Nein. Aber bezüglich dieser Telefoneinträge, die ich bereits erwähnt hatte … Wir haben herausgefunden, dass ihr Handy benutzt wurde.«

»Aber sie kann es nicht selbst benutzt haben, denn ansonsten …«

Denn ansonsten würde Deniz Cengiz ihn garantiert anrufen, wollte er wahrscheinlich sagen. Dabei handelt es sich um ein bei uns Männern häufig zu beobachtendes Leiden. Fast alle haben wir Mühe, die Realität zu akzeptieren. Bei anderen erkennen wir sie vielleicht, aber wenn wir selbst betroffen sind, liegt uns die ganze Welt zu Füßen, ist die ganze Welt in Liebe zu uns entflammt. Es war nicht meine Aufgabe, Kemal Bey mit der Realität zu konfrontieren, zumindest vorläufig nicht. Deshalb hatte ich auch keine Bedenken, ihm eine Lüge aufzutischen.

»So oder so wird es benutzt, was bedeutet, dass der Benutzer erreichbar ist. Wer immer Deniz Hanıms Handy an sich genommen hat, dürfte eine Vorstellung davon haben, wo sie sich befindet. Das hoffe ich zumindest, denn ansonsten würde es bedeuten, dass sie in großen Schwierigkeiten steckt.«

»Ich verstehe. Wie gedenken Sie den Benutzer zu fassen? Ich kenne Leute bei dem Netzbetreiber. Machen wir es so: Ich rede mit meinen Bekannten, sie sollen ihr Handy orten und uns sagen, wo es sich befindet. Was halten Sie davon?«

»Kemal Bey, bringen Sie mir bitte nicht bei, wie ich meinen Job zu machen habe, ich halte Ihnen ja auch keinen Vortrag darüber, wie man Fußballstatistiken führt, denn glauben Sie mir, darin kenne ich mich nicht so gut aus wie Sie.«

Kemal Deren reagierte ein wenig eingeschnappt, aber ich musste ihn an diesem Punkt einfach bremsen. Schließlich würde ich Deniz Cengiz finden, was aber nicht bedeutete, dass ich sie zu Kemal Deren führen würde. Genau deswegen hatte ich ihm auch ihren Anruf verschwiegen. Vielleicht wollte sie ja zu ihrem Mann zurück und hatte zu diesem Zweck vor, ihm lieber eine ganz andere Geschichte aufzutischen. Man weiß doch, wie häufig Menschen einander belügen. Und das zu ändern ist schließlich nicht meine Aufgabe. Auch ich habe mein Leben lang allerlei fette, mittelprächtige, schwarze, weiße, rosa, blaue Lügen erzählt, und manche davon waren sogar lebensrettend.

»Bringt das nichts?«

»Nein, das tut es nicht. Wir können nur herausfinden, über welche Basisstation das Handy ins Netz geht, wobei wir es dann mit einem recht großen Suchbereich zu tun haben.«

»Verstehe. Und wie wollen Sie sie finden?«

»Nun, ich habe so meine Methoden.«

»Wir haben irgendwie noch nicht über die Bezahlung sprechen können. Sie hatten doch bestimmt einige Ausgaben?«

»Ja, die hatte ich. Für die Sache mit dem Netzbetreiber habe ich jemandem eine Milliarde zugesagt. Ich glaube aber nicht, dass es noch zu weiteren Unkosten kommen wird.«

»Ich verstehe. Möchten Sie, dass ich Ihnen diese Summe zukommen lasse?«

»Nein, das ist im Moment nicht nötig. Ich habe Zahlung im Erfolgsfall vereinbart. Eigentlich ist der Erfolgsfall mehr oder weniger eingetreten, aber ich denke nicht, dass es eilt.«

»Ich verstehe. Falls sich etwas ergeben sollte, bitte ...«

»Ich werde Sie anrufen, ja.«

Fragen Sie nicht, warum ich das machte. Ich meine: die fünfhundert Millionen, die Fikret bekam, zu verdoppeln. Sie werden es vielleicht nicht glauben, aber das war nicht mein erster Schwindel. Ich weiß nicht, woran es liegt, aber in dem Punkt hatte ich stets ein ruhiges Gewissen. Ich bin eben doch kein so guter Mensch. Alte Gewohnheiten, berufliche Reflexe ... Die lassen einen so leicht nicht los. Wenn Sie von Berufs wegen mit Gaunereien zu tun haben, entpuppen Sie sich mit der Zeit selbst als Gauner. Sie mogeln ein bisschen, hauen den einen oder anderen übers Ohr und sorgen so für ein ausgeglichenes Konto.

Womöglich erfinde ich das alles auch nur, um mich zu beruhigen, und vielleicht sind außer mir auch alle ehrlich. Nun, ich bin es auch. Wie sagte schon in dem alten Schwarzweißfilm der deutsche Oberkellner am Roulettetisch: »So ehrlich, wie der Tag lang ist.«

XII

Nun hatte also der weniger erzählenswerte Teil des Jobs begonnen. Ohnehin beschränkt sich Erzählenswertes auf nur wenige Prozent. Keine Ahnung, warum das so ist, aber im Allgemeinen glauben die Menschen, die Suche nach einer verschwundenen Person gestalte sich aufregend und gefährlich und in ständig steigendem Tempo. Das liegt wohl daran, weil man es aus Filmen und Büchern so im Kopf hat. Dabei gehört diese Vorstellung zu den Irrtümern, die man für wahr hält, und ich kann nicht sagen, ob sie schon einmal auf der letzten Seite einer Tageszeitung publik gemacht wurde. Zumindest ist sie in den Zeitungen, die ich lese, bislang unter der Rubrik »Irrtümer« noch nicht dabei gewesen.

Der Großteil der Detektivarbeit findet am Schreibtisch statt. Oder, wenn Sie wie ich nur über einen runden Esstisch zum Einklappen mit längst zerbrochenem Flügel verfügen, vor dem Fernseher.

Bisher hatte ich zu viel Zeit unterwegs verbracht und keine Gelegenheit gehabt, gründlich nachzudenken. Ich fing an, mir Notizen auf dem Umschlag der Telefonrechnung zu machen. Dazu musste ich allerdings den Umschlag nach links drehen. Ich glaube, Sie kennen den Grund: Auf jeden leeren Flecken, den sie finden können, packen sie Reklame, sogar auf Briefumschlägen. Zum Glück ist noch kein Marketinggenie auf die Idee gekommen, die nicht sichtbaren Innenseiten der Umschläge für Werbung zu benutzen. Statt so viele Mätzchen zu machen, könnte ich natürlich einfach leeres Papier oder ein Heft bereithalten. Das ist eben meine Dusseligkeit.

Am Tag ihres Verschwindens hatte Deniz Cengiz einen ganz alltäglichen Einkauf getätigt. Die Theorie, die ich entwickelt hatte und von der ich nun felsenfest überzeugt war – nämlich, dass sie auf eigenen Wunsch verschwunden war –, hatte also einen Haken. Es gab womöglich eine Erklärung dafür, dass eine Frau Hundertgrammmengen einkaufte, bevor sie sich aus dem Staub machte; dass sie sich aber davonstahl, ohne ihren Kleiderschrank zu leeren, war für meine Begriffe hochgradig ungewöhnlich. Eigentlich hatte ich auch dafür eine Antwort parat … Okay, was konnte der Grund dafür sein, dass eine Frau, die zum Einkaufen ging, spontan ihren Mann verließ? Nun, wenn ich einen so langweiligen Ehemann wie Kemal Deren hätte, wüsste ich den Grund wahrscheinlich.

Zudem war es seltsam, dass Deniz nach meinem Versuch, sie anzurufen, Emel kontaktiert hatte. Vielleicht waren sie auch vorher in Kontakt gestanden, und Emel hatte es mir verheimlicht. Oder Deniz war nur neugierig, wer da so verzweifelt versuchte, sie zu erreichen, und so hatte Emel es mir ja auch geschildert.

Beim Notizenmachen fiel mir auf, dass ich anfing, Emels Nachnamen wegzulassen, was normalerweise nicht zu meinen Gewohnheiten gehört. Ich achte ganz besonders darauf, mit den an einer Ermittlung Beteiligten nicht zu persönlich zu werden. Ich muss wohl nicht extra sagen, dass mir das nicht immer gelingt.

Kommen wir zu Orkans Gebaren. Ich wusste nicht, ob es an meinen Nachforschungen lag, dass er sich so merkwürdig benahm, hoffte aber, dass ich auch das herausfinden würde. Schließlich war er für mich bislang der Einzige, der Deniz Cengiz nach ihrem Verschwinden gesehen hatte. Seine Andeutungen, sein durchtriebenes, heimliches Getue kamen mir verdächtig vor.

An diesem Punkt blieb mir wirklich nichts anderes übrig, als zu Hause auf Deniz Cengiz' Anruf zu warten.

Ich hob den Hörer ab und rief Fikret an. Natürlich besaß der Bengel ein Handy.

»Hi, Chef!«

»Wie geht's, Fikret?«

»Och, ganz gut, Chef, bin gerade raus aus dem Büro, ich will noch einen Rakı oder zwei trinken, dann geht's nach Hause. Hat dir das Zeug, das ich dir gegeben habe, was gebracht?«

»Kann man so sagen. Also, ich hoffe zumindest.«

»Prima. Her mit der Kohle!«

Ich hasse es, wenn er mich Chef nennt und immer gleich zur Sache kommt, aber was will man machen, er ist trotzdem ein netter Junge. Zumindest einer der nettesten, die ich so kenne.

»Immer mit der Ruhe. Der Kunde hat noch nicht bezahlt.«

»Muss doch sehr bitten, Chef. Das war ein Witz!«

»Ich könnte dich und deine Witze ... Egal, ich habe noch ein Problem, das wir allerdings auf preiswerte Weise lösen müssten. Allzu preiswert aber auch wieder nicht.«

»Wenn wir das, was du sagst, in einen Computer eingeben, spielt das System verrückt. Im Bereich Fuzzy Logic tut sich zwar jeden Tag was Neues, aber ...«

»Keine Ahnung, was Fuzzy Logic ist, und ich frage auch nicht den Computer, sondern dich. Es geht ja nicht um etwas Technisches. Also, es ist schon technisch, aber es hat weniger mit Computern als vielmehr mit dem alltäglichen Leben zu tun. Für dich ist das natürlich kein Problem, für mich aber schon.«

»Ich werde langsam neugierig, Chef. Normalerweise bist du berühmt dafür, geradeheraus zu sagen, was du willst. Wenn du so herumstotterst, dann willst du entweder die Chiffre für eine Pornoseite oder die Adresse eines Sexshops, und von beidem habe ich jede Menge im Angebot.«

Der Bastard hatte genau verstanden, dass mir mulmig war und ich mich genierte. Sein Scharfsinn war etwas, das ich an ihm schätzte; in jener Situation allerdings nicht.

»Ich möchte am Samstagabend auswärts essen.«

»Auswärts?«

»Ja.«

»Allein?«

»Natürlich nicht.«

»Aha, ich verstehe. Du hast also eine Flamme. Du willst, dass ich dir eine Location empfehle. So billig, dass du mir nichts von meinen fünfhundert Millionen abzwacken musst, aber auch so teuer, dass die Flamme nicht enttäuscht ist.«

»Ich hasse dich.«

»Volltreffer also … Mal sehen. Was hat die Flamme denn für einen Stil?«

»Wenn du noch einmal Flamme sagst, dann wird es das letzte Mal gewesen sein, damit du Bescheid weißt.«

»Schon kapiert. Alles klar. Ein Paar seid ihr also nicht?«

»Nein. Aber ich habe die Hoffnung.«

»Verstehe. Wie gesagt, ich frage nach dem Stil der, ehm … der Dame.«

»Ich weiß nicht. Aber es soll was ganz Normales sein. Ich möchte ein leckeres Essen, eine ruhige Atmosphäre.«

»Wie steht's mit Geigen?«

»Auf keinen Fall. Bei so was komme ich mir immer vor wie ein Depp. Mann, ich meine ein ganz normales Lokal. Wo man eine Reservierung braucht, aber keine Geiger durch die Gegend schleichen.«

»Okay. Dann schicke ich dich ins ›Victor Levi‹. Ist recht günstig. Gemütlich. Vielleicht ein wenig laut, aber wenn du bei der Reservierung um einen ruhigen Tisch bittest, geben sie dir einen weiter hinten. Sollte die Dame allerdings ein bisschen schickimicki-mäßig drauf sein, wird ihr das nicht gefallen.«

»Doch, das ginge. Kannst du mir die Telefonnummer auftreiben?«

»Klar, ich ruf dich an, wenn ich zu Hause bin.«

»Okay, vielen Dank.«

»Stets zu Diensten, Chef. Wann immer du willst.«

»Ach, übrigens – gibt es solche Lokale wirklich?«

»Was für Lokale?«

»Na, wo Geiger durch die Gegend schleichen. So, wie wir es aus Filmen kennen?«

»Keine Ahnung, aber wenn du willst, kann ich das für dich in Erfahrung bringen.«

»Nee, nicht nötig. Wenn es solche Lokale gibt, sollte niemand davon wissen. Nicht einmal du.«

Auf TRT 2 lief ein seltsamer Film mit mir völlig unbekannten Schauspielern. Die Darsteller waren, glaube ich, Franzosen (was vermuten lässt, dass es ein französischer Film war), und thematisch ging es um ein Schachbrett und Schachfiguren. Ich fand den Film recht verwirrend, sah ihn mir aber bis zum Schluss an. Die Hauptrolle spielte ein quirliges Mädchen mit schwarzer Kurzhaarfrisur, das alte Gemälde restaurierte. Ich hätte den Film bestimmt besser verstanden, wenn das Weib nicht so schön gewesen wäre. Aber andernfalls hätte ich ihn mir vielleicht auch gar nicht angesehen.

Der Film war zu Ende, und ohne nachzudenken schaltete ich in einen anderen Kanal. Drei Mannsbilder faselten über die Lebensdauer der Koalitionsregierung, was mich nicht sonderlich interessierte. Einer meinte, die Wahrscheinlichkeit von vorgezogenen Wahlen am dritten November sei hoch. Schwer zu sagen, ob er darüber traurig oder froh war. Ich hatte seit Jahren nicht gewählt und auch nicht die Absicht, mich in naher oder ferner Zukunft an irgendeiner Wahl zu beteiligen.

Mir fiel ein, dass ich mir den Film auf TRT 2 eigentlich zu Ende angesehen hatte, um den Namen des Films beziehungsweise der Schauspieler zu erfahren, allerdings vor dem Abspann umgeschaltet hatte. Ich fluchte heftig über den Verfechter der Wahrscheinlichkeit von Neuwahlen und schaltete auf Kral TV. Das ist der Kanal, bei dem ich mich am besten entspanne. Ich muss nicht viel nachdenken, ja nicht einmal hinsehen. Während sich ein Blödmann namens VJ Ergin bis zum nächsten Tag verabschiedete und allen seine Liebe bekundete, klingelte das Telefon. Ich schaltete den Ton des Fernsehers aus und hob ab.

Es war Deniz Cengiz.

XIII

»Süreyya Bey?«

»Am Apparat. Sie wünschen?«

»Ich glaube, Sie suchen mich.«

»Ja.«

»Und Sie arbeiten für meinen Mann.«

»Hören Sie. Wenn Sie es genau wissen wollen: Ich arbeite, und Ihr Mann übernimmt einige meiner Unkosten. Ich unterstehe also nicht seinem Befehl.«

»Bedeutet das, dass Sie mich nicht zu meinem Mann zurückbringen werden?«

Das war eine schwierige Frage. Und die Frage, die mir schon von Anfang an Kopfzerbrechen bereitete! Wenn ich noch nicht volljährige kleine Mädchen gegen ihren Willen bei ihren Familien ablieferte, konnte ich sie – und ganz selten auch mich selbst – davon überzeugen, dass das vernünftig und richtig war, aber eine erwachsene Frau zu ihrem Mann zurückzubringen, wenn sie es nicht wollte … Nun, das war eben nicht meine Aufgabe.

»Meine Aufgabe besteht darin, Sie zu finden, Deniz Hanım. In Anbetracht der Tatsache, dass wir miteinander reden, ist mir das in gewissem Sinne auch gelungen. Ich weiß, dass Sie am Leben sind. Ihr Mann wird es zwar nicht glauben wollen, aber ich kann ihm mitteilen, dass Sie nicht entführt wurden, sondern aus freien Stücken weggegangen sind.«

»Denken Sie, dass es so war?«

»Das dachte ich von Anfang an. Nur Ihre Frühstückseinkäufe haben mich etwas irritiert.«

»Ah, davon wissen Sie also auch. Haben Sie meinem Mann gesagt, was Sie denken?«

»Nicht genau. Er hätte mir auch nicht geglaubt.«

»Wird dieses Gespräch womöglich aufgezeichnet?«

»Nein, mit derart verzwickten Dingen habe ich nichts am Hut. Und ich finde sie auch nicht richtig.«

»Lässt jemand anderer Sie vielleicht abhören?«

»Bestimmt nicht, Deniz Hanım. Ich bin nur ein ehemaliger Polizist. Selbst wenn es so gewesen sein sollte, werden sie aus Langeweile damit aufgehört haben, wobei ich sowieso nicht glaube, dass es so war. Ich hatte bei der Polizei keine wichtige Position.«

»Trotzdem möchte ich … nicht hier in der Form am Telefon reden. Wie wäre es mit einem Treffen?«

»Warum nicht?«

Ich musste übergeschnappt sein. Ein Rendezvous mit der Frau zu akzeptieren, die ich suchte! Manchen von Ihnen mag das nicht klar sein, aber so etwas ist gefährlich. Zwar sagte mir mein Gefühl das Gegenteil, aber vielleicht war Deniz Cengiz ja tatsächlich entführt worden, und ihre Entführer hatten das Telefonat eingefädelt. Wer weiß?

Aber Sie wissen ja. Manchmal spürt man, dass nichts Schlimmes passieren wird.

»Sie haben, glaube ich, am Samstag schon etwas vor. Ich möchte Ihre Pläne nicht durchkreuzen. Passt es Ihnen am Sonntagabend?«

»Das passt mir.«

»Treffen wir uns also am Sonntagabend in der Bar, in der Sie bereits nach mir gesucht haben.«

»Im ›Alamut‹?«

»Ja. Seien Sie um sechs dort. Und ich bitte Sie, erzählen Sie meinem Mann nichts von mir. Auch nicht von diesem Gespräch. Das ist sehr wichtig.«

»Ja, aber er wird fragen.«

»Ihnen wird schon etwas einfallen.«

Sie stammelte so etwas wie »Bye bye«, wodurch das Gespräch irgendwie komisch endete.

Ich musste mich hinsetzen und meine Thesen neu überdenken. Deniz Cengiz hatte garantiert einen Plan, und am Sonntag würde ich erfahren, was es war. Das heißt: nach meinem Abend mit Emel.

Deniz wusste von unserer Verabredung. Nun, das erstaunte mich nicht, und man musste auch nicht Einstein sein, um zu begreifen, woher. Insgeheim genoss ich die Vorstellung, dass die beiden Freundinnen über mich gesprochen hatten. Ich lächelte, erfüllt von einem unsinnigen Stolz.

Ich legte die Angelegenheit zunächst einmal bis Sonntag beiseite und gab mich stattdessen meinen Träumen hin, in denen Emel die Hauptrolle spielte. Im Fernsehen präsentierte ein süßes Mädchen, das nach VJ Ergin das Programm übernahm, Beispiele minimalistischer Mode. Mit wie wenig Stoff kann man ein Kleidchen nähen? Nun, da ich ihre Stimme nicht hören musste, hatte ich nichts dagegen einzuwenden. Ich versank in jenen Kurven und schlief ein.

XIV

Als ich aufwachte, lief im Kral TV noch immer das respektable Musikprogramm. Ich musste nicht allzu traurig sein, denn ich hatte die Nacht über nichts verpasst. Im Bad spritzte ich mir etwas Wasser ins Gesicht und betrachtete mich dann im Spiegel.

Für den allmählich einsetzenden Haarausfall konnte ich vielleicht noch meinem Vater die Schuld geben, für meine gelben Zähne und die Säcke unter den Augen aber musste ich einen anderen Sündenbock finden. Unversehens fragte ich mich, was eine junge und schöne Frau wie Emel Yunak mit mir zu tun haben konnte; mir fiel kein logischer Beweggrund ein.

Frauen mögen selbstbewusste Männer, sagte mir einmal ein Freund. Ich glaubte nicht, dass ich Selbstbewusstsein ausstrahlte. Ich war nichts weiter als ein normaler Mann, der zu Hause herumsaß, weil er in dieser verdammten Stadt nichts anderes tun konnte. Emel Yunak dagegen war die ideale Frau: jung, erfolgreich, in einer von der Gesellschaft respektierten Position, eine Börsenmaklerin, die bei fallenden Kursen Aktien kaufte und bei steigenden Kursen wieder verkaufte. Was mich anbelangte, so war es nicht verkehrt zu sagen, dass ich es mein Leben lang immer genau andersherum gemacht hatte.

Ich war nichts als eine jämmerliche Gestalt, die sich mit Malerarbeiten, Reparaturen und Vermittlungsgeschäften über Wasser hielt, alle Jubeljahre, wenn jemand in Schwierigkeiten steckte, den Detektiv spielte, und ansonsten nutzlos herumhing und, wenn ich die Wohnung nicht geerbt hätte, höchstwahrscheinlich in der Gosse landen würde. So sehr mich dieses Eingeständnis auch deprimierte, so bedurfte es doch eines Wunders, um diesen Zustand zu ändern. Und das Allerschlimmste war: Ich glaubte nicht an Wunder.

Grenzte aber dieses Rendezvous nicht doch an ein Wunder? Nun, so was kommt vor. Jeder Mensch braucht einen oder zwei glückliche Tage, ein paar magische Momente in seinem Leben. Und vielleicht war das Rendezvous eben so ein Moment.

Während ich mir das an vielen Stellen brettig gewordene Handtuch ins Gesicht drückte, nahm ich mir vor, mich von den Ereignissen nicht zu sehr mitreißen zu lassen. In der Rolle des Detektivs kam ich ihr vielleicht attraktiv vor, was aber, wenn sie morgen beobachtete, wie ich bei ihrem Nachbarn die Kacheln verlegte? Da seit dem 22. Juni, dem Tag von Deniz Cengiz' Verschwinden, eine ganze Menge Zeit vergangen war und Kemal Derens Vorschuss allmählich dahinschmolz, würde sie mich ohnehin schon recht bald in solcher oder ähnlicher Pose sehen.

Ich habe Rendezvous nie gemocht. Vielleicht, weil es in der Regel zu keinem zweiten kommt. Ich bin eine Art Einmal-Lover, von der Sorte, die für ein zweites Rendezvous nicht vorgesehen ist. Wie viele Stunden ich wohl noch in den Spiegel gestarrt hätte, hätte da nicht das Telefon geklingelt.

Es war Fikret.

»Chef!«

»Was gibt's, Fikret?«

»Ich hab' gestern Abend angerufen, aber es war andauernd besetzt. Ich hatte schon Angst, dir sei was passiert.«

»Red keinen Quatsch. Warum hast du angerufen? Ah, stimmt ja. Die Telefonnummer des Lokals. Warum hast du es nicht später noch mal versucht?«

»Ey, dass besetzt war, war schon erstaunlich genug. Kann mich wenigstens nicht erinnern, dass mir das schon mal passiert ist. Und dass du auswärts essen willst, ist auch seltsam.«

»Fikret!«

»Nicht sauer werden. Ich vergesse halt manchmal, dass auch du im 21. Jahrhundert lebst. Schreib auf.«

»Ich hoffe, sie haben noch Platz.«

»Haben sie bestimmt. Ist ja ein bisschen so, als würdest du bei McDonalds reservieren.«

»In dem Fall?«

»Ist trotzdem schlau, zu reservieren, weil keiner reserviert, die Tische aber trotzdem alle voll sind.«

»Die Nummer!«

»Okay, okay. Schreib.«

Ich notierte mir die Telefonnummer. Ich wollte mich schon bedanken und auflegen, als Fikret noch einmal loslegte.

»Chef, du kannst dort gern meinen Namen nennen. Man kennt mich.«

»Wenn das so ist, kannst du dir sicher sein, das ich es tunlichst vermeiden werde, Fikret. Dein Ruf erscheint mir manchmal etwas zweifelhaft.«

Er kicherte.

»Nicht übel, Chef. Du lernst allmählich, Witze zu machen wie ich.«

»Gott bewahre.«

Ich wählte die Nummer, die Fikret mir gegeben hatte. Ich bat um einen ruhigen Tisch, und der Mann notierte meinen Namen. Dass es so einfach wäre, hätte ich nicht vermutet. Ich hatte also zum ersten Mal in meinem Leben einen Tisch reserviert.

Ich überlegte, ob ich Emel anrufen sollte. Aber Sie erinnern sich ja sicher an den Ratschlag meiner Mutter. Wie Sie allerdings auch wissen, hielt ich mich selten daran.

»Wie geht es Ihnen?«

»Ah, Meisterdetektiv Süreyya Sami! Ich hatte mich schon gefragt, warum Sie nicht anrufen. Aber Sie arbeiten ja schließlich an einem Fall.«

Ich hörte eine leichte Ironie in ihrer Stimme, ging aber nicht weiter darauf ein.

»Ich wollte nicht stören. Sie wirken immer sehr beschäftigt.«

»Ah, für Sie habe ich immer ein paar Minuten übrig.«

»Vielen Dank. So optimistisch wollte ich gar nicht sein.«

»Können Sie aber! Was machen Ihre Nachforschungen? Hat Deniz Sie angerufen?«

»Ja. Sie wusste von unserem Treffen am Samstag.«

»Ich muss mich bei ihr bedanken, dass sie Sie daran erinnert hat.«

»Ich denke an nichts anderes! Wir haben deshalb entschieden, uns am Sonntag zu treffen. Besser gesagt, sie hat entschieden.«

»Hm. Wenn ich Ihnen einen Rat geben darf: Erzählen Sie einer Frau, mit der Sie sich treffen werden, niemals, dass Sie sich mit noch einer anderen Frau treffen werden.«

Ich lachte. Und sie lachte auch. Alles war wie ein Traum. Ich hatte Angst, mit irgendetwas, das ich sagte oder tat, diesen Traum zu beenden. So passierte es nämlich immer.

»Ich werde es mir merken. Aber ob mir das gelingt, weiß ich nicht, so schlau bin ich nicht.«

»Was soll das? Wollen Sie sich schlechter machen, als Sie sind, damit ich verwundert bin, wenn ich Sie näher kennenlerne? Keine schlechte Taktik, zunächst die Erwartungen so weit wie möglich herunterzuschrauben, um dann einer armen Frau den Kopf zu verdrehen. Sehen Sie, ich bin zwar blöd, aber die Gleichung mit vier Unbekannten habe ich gleich gelöst! Auf dem Gymnasium hatten Sie im Mündlichen bestimmt immer gute Noten.«

Auch darüber lachten wir. Mein Gott, in dem Zustand lacht man sogar über Dinge, über die man sonst niemals lachen würde. Es musste eine Verbindung geben zwischen Lachen und Verblödung. Bei mir zumindest.

»Ich habe für Samstagabend reserviert.«

»Super. Sie holen mich doch von hier ab?«

»Natürlich. Aber ich komme zu Fuß, deshalb habe ich etwas in der Nähe ausgesucht.«

Wir schwiegen eine Weile. Vor dem Beginn einer Beziehung erscheint einem diese Art von Schweigen gewaltig. Einen Augenblick lang dachte ich, dass alles vorbei sei und sie plötzlich absagen könnte.

Zum Glück ist das Leben doch nicht so schrecklich. Manchmal zumindest.

»Wo ist denn für uns reserviert?«

»Ich gehe auch zum ersten Mal dorthin. Ich habe mich auf Empfehlung für das Lokal entschieden.«

»Na denn – wenn Sie es so wollen, lasse ich mich überraschen.«

»Also dann …«

»Okay, Süreyya Bey, ich erwarte Sie am Samstag. Nicht vergessen: um sieben.«

Ich legte auf. Ich zog mir etwa über und verließ die Wohnung, um an der Küste spazieren zu gehen.

Beim Gehen stellte ich fest, dass ich vor mich hinpfiff.

XV

Bei meinem Uferspaziergang fiel mir ein, dass ich mir keine Gedanken über mein Rendezvous mit Emel, sondern vielmehr über das Gespräch mit Deniz Cengiz machen sollte. Die Sache entwickelte sich zwar so, wie ich es erwartet hatte, aber es gab immer noch Dinge, die nicht zusammenpassten.

Der Krämer, der mir am Anfang der Ermittlungen ein wenig verdächtig vorgekommen war, schied für mich als Täter aus. Er hatte wahrscheinlich nur Angst gehabt, weil er von mir ins Verhör genommen worden war oder weil er in einem Zusammenhang Dreck am Stecken hatte, der mich gar nicht interessierte. Leute, mit denen man bei seinen Nachforschungen spricht, haben auch noch ein Leben außerhalb des Falls, und kleine Vergehen in ihrem Leben spiegeln sich wider und machen sie so verdächtig. Wir leben in einem Land, in dem viele Menschen, die, nur als Zeugen befragt, der Last ganz anderer Verfehlungen erliegen, gestehen, verurteilt werden und ins Gefängnis wandern. Sie wären erstaunt, würde ich Ihnen erzählen, dass es tatsächlich Leute gibt, die bei einer routinemäßigen Führerscheinkontrolle einen Mord gestehen, und dass deren Zahl gar nicht so gering ist. Nun, das ist die Realität.

Was ich bei der Polizeiarbeit gezwungenermaßen lernte, war, Menschen wie Schuldige zu behandeln, denn vielleicht hatten sie nicht in dem vorliegenden, aber in einem anderem, nicht abgeschlossenen Fall ihre Finger im Spiel. Zwar schmerzt es, das zu sagen, aber diese Methode war ziemlich effektiv. Sie wären ebenfalls erstaunt, wenn Sie wüssten, wie viele Fälle auf diese Weise, während völlig anderer Befragungen, gelöst wurden.

Der Krämer hinterzog höchstwahrscheinlich Steuern, haute seine Kunden übers Ohr oder manipulierte zu Hause den Stromzähler. Vielleicht war er auch an einem internationalen Schmugglerring für Osmium oder Heroin beteiligt, und selbst das war mir offen gesagt vollkommen egal.

Die erste Frage, die ich Deniz Cengiz stellen wollte, betraf ihren Einkauf am Tag ihres Verschwindens. Mit derart gering bemessenen Nahrungsmitteln von zu Hause wegzugehen kam mir wie bereits erwähnt etwas merkwürdig vor. Vielleicht hatte sie zu viel amerikanische Filme gesehen und eine falsche Fährte gelegt, um den Detektiv zu überlisten. Wer weiß? Menschen gelingen immer wieder die erstaunlichsten Dinge.

Auf der anderen Seite hatte ich, so wenig ich auf Emel kommen ließe, genügend Gründe zu glauben, dass sie mit drinhing. Aber wie? Das hoffte ich in Bälde zu erfahren. Und natürlich wäre es mir lieber gewesen, sie hätte eine weiße Weste gehabt.

Mein Gefühl sagte mir, dass Deniz Cengiz bei dieser Sache nicht allein war. Ich war mir beinahe sicher, dass sie mir am Sonntag einen Vorschlag machen würde. Wer weiß? Vielleicht würde sie von mir verlangen, ihrem Mann zu sagen, sie sei tot. Das konnte ich nur, wenn sie mir garantierte, sich bis ans Ende ihrer Tage von Kemal Deren fernzuhalten. Schließlich ging es um meinen Ruf, und ich hatte so meine Prinzipien. Schwer zu glauben, aber so ist es.

Ich hatte mittlerweile Bakırköy fast erreicht. Ich setzte mich in einen der Teegärten und atmete tief durch. Eine Musikbox spielte dieselben Lieder, die im Kral TV fünf Mal am Tag liefen, aber weder waren um mich herum schöne Frauen zu sehen wie in den Clips noch die dazwischen auftretenden langbeinigen VJs. Wobei – eine von denen hat kurze Beine, aber dennoch einen herrlichen Körper.

Ich trank zwei Tee und brach auf. Anstatt mich nach Hause zu begeben, wollte ich lieber noch eine Runde in Bakırköy drehen; Schaufenster anschauen, mich ein wenig umsehen. Vielleicht lief im Kino ja sogar ein sehenswerter Film.

Beim Postamt bog ich in die Yakut-Straße und ging in Richtung Kino, als jemand meinen Namen rief.

»Süreyya! Süreyya!«

Ich drehte mich um und sah Mehmet, meinen Spielkameraden aus Kindertagen. Wie immer war er gut angezogen, sein Anzug war durchdrungen von Selbstsicherheit und Selbstbewusstsein. Ich überlegte, ob ich mir seine Krawatte ausleihen könnte. Wir begrüßten einander und begannen zu plaudern.

»Was treibst du so, Mehmet?«

»Was soll ich schon treiben, Süreyya? Das Übliche, bin immer am Rennen.«

»Na, soweit ich weiß, sitzt du in der Ecke, und die Jungs rennen.«

Das stimmte auch. Mehmet hatte Fußballer werden wollen, und gerade, als er kurz davor gewesen war, einer der wichtigen Fußballstars des Landes zu werden, musste er verletzungsbedingt den Sport aufgeben. Er war nicht nur der beste Fußballer in unserem Viertel in Zeytinburnu, sondern ließ auch bei Galatasaray, wo er in der Nachwuchsmannschaft spielte, alle blass aussehen. Aber dann kam es eben zu jener Verletzung, die sein Leben veränderte und ihn vom Fußball entfernte. Natürlich nur bis zu einem gewissen Grad. Denn Mehmet blieb dem Fußball dennoch treu, trieb irgendetwas Undefinierbares bei Galatasaray im Nachwuchsbereich, um danach eines Tages seinen eigenen Amateurverein zu gründen und nach Florya zu ziehen. Bei seinem Umzug hatte er zwei Töchter, die zweite war sogar gerade erst geboren. Trotzdem kam er hin und wieder in unser Viertel, trank in Alaeddins Teestube bei mir gegenüber ein paar Gläser Tee und versäumte dabei nicht, mit all den alten Bekannten, inklusive ich, ein Schwätzchen zu halten.

»Wie geht's den Töchtern?«

»Wie soll's ihnen gehen, Abi? Die Große will auf die Uni, wir haben sie im privaten Unterrichtsinstitut angemeldet, und die Kleine bereitet sich für die Aufnahmeprüfung aufs Gymnasium vor.«

»Wie läuft's mit der Arbeit?«

»Nicht schlecht. Während alle mit dem Weltcup beschäftigt waren, habe ich zwei ziemlich gute Spieler einkassiert, und dann auch noch von Polatlı. Wenn İlhan Cavcav das sieht, kriegt er einen Herzinfarkt, wie ihm die beiden durch die Lappen gehen konnten. Zwei Klassespieler, und dann auch noch Zwillinge.«

»Wie Arçil und Şota.«

»Ganz genau, Abi. Eineiige Zwillinge. Die beiden werden in der Zukunft die Konkurrenz ordentlich aufmischen, ich sag's dir.«

Mehmet lebte natürlich nicht nur von dem Gehalt, das er vom Verein bekam. Sein Einkommen bildeten zum Teil die Prozente, die er aus dem Glücksspiel kassierte, das er im Clubhaus zuließ, und zum Teil das, was die erwähnten hoffnungsvollen Talente einbrachten, die eingekauft, geformt und dann wieder verkauft wurden. Letztendlich war er fest in der Fußballgemeinde verankert. Ich musste ihn also einfach fragen.

»Hör mal, kennst du diesen Kemal Deren?«

»Kemal Deren? Den Sportjournalisten?«

»Ja.«

»Den kenne ich, Abi. Er gehört nicht zu meinem Umfeld, aber ich kenne ihn.«

»Persönlich?«

»Klar kenne ich ihn persönlich, Abi. Ansonsten kenne ich sie natürlich alle aus der Presse, das gehört zu meinem Job.«

»Was ist er für ein Typ? Du sagst, dass du nicht viel mit ihm zu tun hast, aber …?«

»Gerade weil ich nicht viel mit ihm zu tun habe, ist er ein guter Kerl. Die Journalisten in meinem Umfeld treten gegen Kommission für mich bei den Vereinspräsidenten als Vermittler auf. Sie helfen mir dabei, einen Zehn-Lira-Spieler für hundert Lira an den Mann zu bringen, und kriegen ihren Anteil. Selbst wenn der Junge in die Mannschaft aufgenommen wird und schlecht spielt, loben sie ihn ein paar Wochen lang und lassen ihn von anderen loben, damit keiner merkt, dass der Junge das Geld gar nicht wert ist.«

»Mann, was sind das für Geschichten.«

»Ey, manchmal lässt sich der Junge von dem Lob auch beeindrucken und spielt so, dass er tatsächlich anfängt, sein Geld wert zu sein. Vielleicht macht man das Ganze auch, um die Spieler anzuspornen. Mag sein.«

»Aber Kemal Deren tut das nicht?«

»Nicht für mich, ich bin diesbezüglich nicht an ihn herangetreten, das tue ich normalerweise auch nicht. Die Journalisten kennen meinen Job, der Vorschlag kommt von ihnen. Kemal Deren habe ich nur ein paar Mal bei größeren Essen getroffen, mehr nicht. Bei unseren Begegnungen sah er nicht so aus, also wäre er an solchen Geschäften interessiert.«

»Er wirkt wohlhabend.«

»Er ist es vielleicht von Haus aus, womöglich hat er auch größere Geschäfte im Visier.«

»Will heißen?«

»Wieder geht es darum, dass er gute Beziehungen zu jemandem aus den großen Vereinen hat und Meldungen nach ihren Wünschen herausbringen lässt. Keine Ahnung, Abi, aber wenn man sich seine Artikel ansieht, könnte er demnächst wohl auch den Sprung ins Fernsehen im Sinn haben. Er schreibt sehr ernsthaft und diszipliniert. Und soweit ich weiß, schreibt er manchmal auch für ein paar von den alten Fußballern, das merkt man gleich.«

»Wie, schreiben die Ex-Fußballer etwa nicht selbst?«

»Was sollen sie denn schreiben, um Himmels willen? Es gibt natürlich Leute wie Feyyaz, die mit dem Stift genauso gut umgehen können wie mit dem Ball, aber die Artikel der meisten werden in den Sportredaktionen geschrieben. Die rufen vorher bei den Herren an und fragen: ›Worüber sollen wir schreiben, Abi?‹, und dann basteln sie einen Text zusammen, so läuft das. Worum geht's, wieso fragst du nach Kemal Deren?«

»Er möchte, dass ich etwas für ihn erledige.«

»Mann, willst du dich etwa der Welt des Fußballs widmen? Wie kommt's? Ich hab' dich so beackert, als du bei der Polizei aufgehört hast: ›Komm und lass uns den Laden gemeinsam schmeißen‹, aber das hat dich gar nicht gekümmert, also ich wäre echt eingeschnappt, wenn du auf anderen Wegen der Fußballgemeinde beitrittst.«

»Nee, nee, Mehmet, so ist es nicht. Ich weiß noch nicht, wo das hinführt, aber es ist eher eine Privatangelegenheit.«

»Verstehe. Komm mit zu uns, wenn du nichts vorhast. Fatoş hat bestimmt schon was Leckeres gekocht. Und Aysel und Nursel hast du auch schon ewig nicht gesehen.«

»Ich habe heute Abend schon was vor, Abi, demnächst aber.«

»Okay, vergiss es aber nicht. Mann, ich komme seit Jahren fast jeden Monat einmal in unser altes Viertel, und du, wie oft warst du bei uns in den zwanzig Jahren?«

»Ich war doch ein paar Mal bei euch, Abi.«

»Ich sag's dir genau: zwei oder drei Mal. Fatoş ist sauer, damit du es weißt.«

Davon war ich überzeugt. Schließlich war ich es gewohnt, dass Frauen sauer auf mich waren. Aber in dem Moment war ich nicht bereit, mir Mehmets Bild einer glücklichen Familie anzusehen. Vor allem in Kenntnis dessen, dass er seit zwei Jahren eine Geliebte hatte.

Obgleich Mehmet eine glückliche Familie besaß und es in seiner Ehe mit Fatoş, die auch ich seit meiner Kindheit kannte, meines Wissens keinerlei ernsthafte Probleme gab, war er seit zwei Jahren mit einer jungen Frau zusammen. Ich bin nicht sicher, ob Fatoş davon wusste. Es konnte ihr allerdings nicht entgangen sein, dass Mehmet seit zwei Jahren strahlte wie ein Honigkuchenpferd. Ich hatte es gleich gemerkt, und das, obwohl ich ihn nur alle zwei, drei Monate sah. Und eine Frau bemerkte so etwas immer.

Nachdem Mehmet und ich uns verabschiedet hatten, betrachtete ich im Sinema 74 die Filmplakate und entdeckte gegenüber dem Schalter einen kleinen Laden. Im Schaufenster lagen eine ganze Reihe VCDs. Eine davon fiel mir ins Auge. Es war eventuell der Film, den Emel bei unserem ersten Gespräch erwähnt hatte. Ich trat ein und beschrieb den Film; er war es.

Anstatt ins Kino zu gehen, beschloss ich, mir diesen Film zu kaufen. Ich wusste allerdings nicht, wie ich ihn abspielen sollte. Der Verkäufer erklärte es mir, mit einem Blick, als wollte ich ihn auf den Arm nehmen. Ich musste mir also auch einen VCD-Spieler kaufen. Ich fragte nach dem Preis. Das Gerät war überraschend billig. Ich kaufte es, zusammen mit Emels Film und noch zwei weiteren. Das Ganze kostete mich nicht einmal hundert Millionen.

Aufgeregt ging ich nach Hause. Ich hatte diese kindliche Freude, etwas Neues zu besitzen, ziemlich vergessen, weil ich mir lange nichts gekauft hatte. Den Karton aufreißen, das Gerät vorsichtig aus dem weißen Styropor ziehen, die Folie am Gerät entfernen …

Wenn auch mit Mühe, so gelang es mir doch, den VCD-Spieler am Fernseher anzuschließen. Der Verfasser der Bedienungsanleitung verwendete ein Türkisch, das sogar noch schlechter war als meins, und das will schon etwas heißen. Selbstverständlich sah ich mir zuerst Emels Film an. Ich mochte Robert De Niro. Ich hatte bereits einige Filme mit ihm gesehen. Hin und wieder musste ich lachen, kann aber nicht behaupten, dass das der lustigste Film meines Lebens gewesen wäre. Bis zur Schlafenszeit war es noch ein wenig hin. Ich schäme mich nicht zu gestehen: Vor dem Einschlafen sah ich mir noch *P.O. Box* an und fand diesen Film viel gelungener. Wenigstens erfüllte er seinen Zweck. Dieses Geheimnis würde ich Emel natürlich nicht verraten.

Der Film hatte mich auch ein wenig müde gemacht. Bevor ich ins Bett ging, führte ich mir meine Situation vor Augen. Im Wohnzimmer einer Junggesellenwohnung in Zeytinburnu, überall Verpackungsmaterial eines VCD-Players, Styroporteile, auf dem Fernsehschirm der Abspann über dem eingefrorenen Schlussbild von *P.O. Box*. Es war einfach nur erbärmlich.

Am nächsten Morgen hörte ich beim Frühstück im Fernsehen, dass einige Politiker eine Bewegung namens »Yeni Oluşum« gegründet hatten und dass, während ich am Vortag durch die Gegend gestreunt war, İsmail Cem von seinem Regierungsposten zurück- und an die Spitze dieser Bewegung getreten war. Im NTV erklärte ein überaus seriös wirkender Mann, dass diese neue Partei bei einer möglichen vorgezogenen Wahl die Regierungsmacht gewinnen könne, aber glaubhaft erschien mir das irgendwie nicht.

Zwei der erwähnten Herren – Kemal Derviş würde sich dieser neuen Bewegung ebenfalls anschließen – trugen nämlich keinen Schnauzbart, und schnauzbartlose Männer schaffen es meines Wissens höchstens zum Minister. Der Dritte im Bunde, Hüsamettin Özkan, hatte zwar einen, aber ich bin mir nicht sicher, ob ein Schnauzbart genug war für drei. Ich blieb sitzen und verfolgte bis zum Abend die an mir vorüberziehende Karawane von Betrügern, ohne recht zu verstehen, was sie sagten.

XVI

Heute war der große Tag. Überraschend: Gleich nach dem Aufstehen brachte ich die Wohnung in Ordnung. Zunächst räumte ich die Verpackung weg, dann versteckte ich die *P.O. Box*-VCD unter dem Sofa im Wohnzimmer. Den Film mit Robert De Niro platzierte ich sichtbar irgendwo hin. Als würde ich ihn mir ab und zu ansehen. Klar war mir das peinlich. Ich musste über mich selbst lachen, weil ich Emel bereits beim ersten Rendezvous mit nach Hause zu nehmen gedachte und die Wohnung in Form brachte, um sie gleich beim Eintreten in Erstaunen zu versetzen.

›Ah, du hast den Film gekauft, von dem ich dir erzählt habe.‹

›Ja, sofort. Und ich habe ihn mir zehn Mal angesehen.‹

›Oh, wie einfühlsam du bist.‹

Sollte sich ein solcher Dialog zwischen uns abspielen, wäre das eher ein Zeichen meiner Blödheit und weniger meiner Einfühlsamkeit, denn ich würde mir diesen Film doch nie zehn Mal ansehen. Außerdem hatte sie ihn nur nebenbei erwähnt, und offen gestanden war der Film so lausig, dass sie ihn womöglich ebenfalls nicht mochte. Ich überlegte es mir anders und packte die VCD in den Fernsehschrank.

Die Bettlaken. Überall Brotkrümel, Haare, die am Kissen klebten, und Härchen, die von irgendwoher an meinem Körper aufs Bett gerieselt waren. Natürlich wechselte ich die Bettwäsche. Beim Beziehen der Kissen stellte ich fest, dass ich sie eigentlich wegschmeißen müsste. Sie waren total vergilbt. Ich streifte ihnen die nagelneuen weinroten Bezüge über. Das Laken ersetzte ich durch das Modell Schlaf Gut, das die Zeitung *Sabah* einmal gegen dreißig Coupons ausgegeben hatte und zu dessen Abholung ich das Recht erworben hatte, weil ich es irgendwie geschafft hatte, diese dreißig Coupons zu sammeln. An den Rändern verfügte es über einen Gummizug, und ich stöhnte, dass ich es nicht schon viel früher verwendet hatte. Andererseits war das natürlich prima, denn ansonsten hätte ich losgehen und ein neues Laken käuflich erwerben müssen.

Gut, dass das Wetter noch warm war, so erübrigte sich das Problem mit dem Bettzeug. Tief unten im Schrank entdeckte ich eine Piquédecke, die ich lange nicht benutzt hatte. Ich kann zwar mit so einer dünnen Decke nicht schlafen, denn ich muss mich immer, egal wie heiß es ist, in dickes Bettzeug einwickeln, weiß der Geier, warum. Sollte mir das Glück jedoch hold sein, würde ich für eine Nacht auch dieses Piqué ertragen. Das sollte mein größtes Problem sein!

Ich wienerte den Boden im Flur und nahm die Reinigung des Badezimmers in Angriff. Ich war im Zweifel, ob es notwendig war, die Badewanne zu putzen, aber man kann nie wissen, was auf einen zukommt. Dann legte ich die Zahnbürste, die ich gestern in Bakırköy gekauft hatte, in der ungeöffneten Packung vor den Spiegel. Das war für meine Begriffe eine äußerst elegante und aufmerksame Geste. Mochte Gott das auch so sehen!

Nachdem auch das Wohnzimmer vollständig gereinigt war, duschte ich eine halbe Stunde und stellte mich vor den Spiegel. Ich rasierte mich mit dem Rasiermesser, wenn auch nicht so gründlich wie Recep. Ich hatte kein Parfüm mehr, aber bis zu meinem Treffen mit Emel wäre es wahrscheinlich ohnehin verflogen.

Und nun das größte Problem: die Krawatte! Ich musste eine Krawatte aussuchen. Die von letzter Woche schied natürlich von vornherein aus. Emel hatte keinerlei Hemmungen gehabt, mir meine schlechte Wahl ins Gesicht zu sagen. Dadurch verringerten sich meine Alternativen auf zwei. Eigentlich war die einfarbige schwarze meine Lieblingskrawatte, aber wenn ich sie umband, würde ich mich unter Umständen mit den Bestellungen mancher Gäste auseinandersetzen müssen:

›Herr Ober?‹ ›Ah, Entschuldigung, ich dachte, Sie seien der Kellner.‹

Ich betrachtete mir die letzte Option und knotete sie mir ohne viel Nachdenken um den Hals. Beim Hinausgehen prüfte ich mich noch einmal im Spiegel: Ehm, ging so.

Ich muss wohl nicht betonen, dass meine Vorbereitungen jede Menge Zeit in Anspruch genommen hatten. Die Gefahr, zu spät zu kommen, bestand jedoch nicht. Ich nahm den Bus 93T. Noch vor dem Taksim-Platz stieg ich in Şişhane aus, lief durch die Seitenstraßen, und als ich in der İstiklal-Straße ankam, hatte ich immer noch eine halbe Stunde Zeit. Sollte ich dort pünktlich eintreffen oder zehn Minuten zu früh? Ich beschloss, dass es nicht schaden würde, zehn Minuten früher dort zu sein.

Als ich Emels Büro betrat, stand sie gerade. Ein rotes Kleid, das knapp über dem Knie endete, die Arme bloß ließ … Ich musste schlucken. Sie war beim Friseur gewesen und trug ein dezentes Make-up. Dezent, aber sorgfältiger aufgetragen als sonst. Und das alles für mich? Ich konnte es kaum glauben.

›Verdammt! Ich hätte Blumen kaufen sollen!‹, fluchte ich innerlich.

»Hallo!«

»Hallo … Ehm, verzeihen Sie, ich wollte eigentlich Blumen mitbringen, aber …«

»Aber du hast es vergessen.«

»Ja.«

Sie lächelte, als gäbe es tatsächlich etwas Amüsantes, kam zu mir, hielt mich mit einer Hand an der Schulter und gab mir ein Küsschen auf die Wange. Ich spürte, wie ich errötete.

»Macht nichts. Sollen wir gleich gehen oder erst noch einen Tee trinken?«

»Weiß nicht, wie Sie wollen.«

»Dann gehen wir am besten.«

Nach einem kurzen Spaziergang erreichten wir die İstiklal-Straße. Bis dorthin waren wir nebeneinander gegangen, ohne einander zu berühren; dann passierte etwas sehr, sehr Schönes: Emel fasste mich am Arm. So hätte ich noch bis Pendik weiterspazieren können. Ich spürte den Boden nicht unter den Füßen, vor meinen Augen verschwamm alles, in meinen Ohren rauschte es.

»Bist du glücklich?«

Sie duzte mich nun schon zum zweiten Mal, und allein das machte mich endlos glücklich.

»Ja, und Sie?«

Sie drückte mich fest am Arm und erwiderte mit spitzbübischer Miene: »Ich habe dich geduzt, mich bei dir untergehakt, und du siezt mich immer noch. Wie weit müssen wir denn gehen, damit wir uns duzen?«

Ich muss gestehen, dass ich in helle Aufregung geriet, ja mich sogar beglückwünschte, die Wohnung aufgeräumt zu haben.

»Ich weiß nicht. Also, wenn du sicher bist, dass du es so willst, warum nicht, Emel.«

»Ja, Süreyya.«

Wir traten zur Seite, um der Straßenbahn Platz zu machen. Ob in der Straße großes Getümmel herrschte oder ob wir allein waren – dazu kann ich nichts sagen. Wir bogen in die Seitenstraße ein, die Fikret beschrieben hatte.

»Oh! Wir werden also Wein trinken, ja?«

Ich bekam es ein wenig mit der Angst zu tun. Wieso ging sie überhaupt mit mir essen? Erneut stellte ich mir diese Frage. Wo könnte ich sie hinführen, wo sie noch nicht gewesen war, was könnte ich ihr schon zeigen, was sie noch nicht gesehen hatte? Es gab nichts, womit ich sie hätte verblüffen können.

Sie musste wohl beobachtet haben, dass sich mein Gesicht verdüsterte, denn sie sagte: »Ich war schon lange nicht mehr hier, super, dass du auf die Idee gekommen bist.«

»Eigentlich war es nicht meine Idee. Der Junge, der mir bei dem Computerkram hilft und Deniz Hanıms Anruflisten überprüft hat, hat mir das Lokal empfohlen.«

»Aber ihn zu fragen war deine Idee.«

»Ey, immerhin.«

»Du hast vor unserem Rendezvous jede Menge Vorbereitungen getroffen, was? Wie nett! Echt aufregend!«

Ich nahm meinen Mut zusammen und drückte ihren Arm ein wenig, und sie hakte sich fest bei mir unter. Wissen Sie, dass das Leben manchmal wirklich schön sein kann?

Im Restaurant nannte ich meinen Namen, und ein Kellner mit Fliege brachte uns in der oberen Etage an einen Tisch in der Ecke. Auch wenn er sich, während wir bestellten, stets an mich wandte, setzte sich unser Menü größtenteils aus Emels Wünschen zusammen.

»Wie läuft's mit der Arbeit? Die Börse und so?«

»Es ist erstaunlich, aber ganz nach Routine. Eigentlich kann man das gar nicht Arbeit nennen. Für fast jede Aktie lege ich eine Ober- und Untergrenze fest. Diese Grenzen sind natürlich flexibel, man kann sagen, sie gelten pro Tag. Wenn Aktien die von mir festgesetzte Grenze unterschreiten, kaufe ich, und wenn sie sie dann überschreiten, verkaufe ich. Ich setze dabei keine großen Margen fest und ziele auch nicht auf Riesenprofite. Jeden Samstag mache ich eine Gewinn- und Verlustaufstellung der letzten Woche und bestimme dementsprechend meine Strategie für die nächste Woche.«

»Klingt kompliziert. Kommt es manchmal zu Verlusten?«

»Ja klar. Aber nicht in nennenswerter Höhe. Und du, Herr Detektiv? Wie laufen deine Ermittlungen?«

»Wie immer.« Ich überlegte kurz und beschloss, Emel die Sache zu erklären.

»Du weißt ja, dass Detektivarbeit nicht legal ist. Okay, es gibt Büros für Personenschutz und Observation, die unter der Ausnutzung von Gesetzeslücken gegründet wurden, aber die verbringen ihre Tage größtenteils damit, Ehebrecher zu beobachten.«

»Und du?«

»So etwas kann ich nicht akzeptieren! Aber ich kann mich auch schwerlich Detektiv nennen. Ich war früher Polizist.«

»Wow! Ich hätte nie gedacht, dass ich mal mit einem Polizisten ausgehe, und wenn er nur ein ehemaliger ist.«

»Nun, ich wollte auch nie Polizist werden. Selbst als ich einer war, konnte ich es mir nicht vorstellen. Deshalb ging ich ja auch weg von der Polizei.«

»Widersprach der Job deinen Prinzipien?«

»Keine Ahnung, ob ich Prinzipien hatte. Eigentlich weiß ich es immer noch nicht. Ich weiß nur, dass es Dinge gibt, die ich machen kann, und andere, die ich nicht machen kann.«

»Und als du Polizist warst?«

»Was ich nicht machen konnte, überwog. Deshalb quittierte ich meinen Dienst.«

»Aber Detektiv bist du auch nicht?«

»Ich sagte doch, dass es nicht legal ist. Okay, ich besitze einen Waffenschein und eine Waffe, und auf der Polizeiwache werde ich gut behandelt. Vielleicht habe ich, weil ich mal Polizist war, eine Vorstellung davon, wie manche Dinge geregelt werden. Ich finde mich leichter zurecht, deswegen bittet man mich um Hilfe und empfiehlt mich weiter. Aber es wäre übertrieben zu sagen, dass ich mit Detektivarbeit meinen Lebensunterhalt verdienen kann.«

»Und wie kommst du über die Runden?«

»So lala. Kann ich überhaupt sagen, dass ich über die Runden komme?«, lachte ich. Sie lachte auch. Ich war froh, dass ich es so ausgedrückt hatte. Trotzdem sollte sie natürlich nicht denken, dass es mir miserabel ging.

»Ich halte mich irgendwie über Wasser. Hin und wieder lasse ich eine Rechnung ein wenig liegen oder faulenze ein, zwei Monate, wenn ich keinen Auftrag habe … aber das war es ja, was ich immer wollte.«

»Faulenzen?«

»Ja.«

»Wie kannst du es aushalten, einige Wochen nichts zu tun? Bestimmt beschäftigst du dich mit etwas, hast ein Hobby oder so.«

»Ich weiß nicht, ob das als Hobby zählt, aber ich verbringe diese Phasen der Faulheit in der Volksbücherei. Manchmal lese ich zwei Bücher am Tag. Und alte Zeitungen.«

»Prima. Das ist sinnvolle Entspannung. Ich schaffe es im Urlaub in der Regel nicht einmal, ein einziges Buch aufzuschlagen. Nicht mal ein einziger Buchstabe … Moment! Sagtest du: alte Zeitungen?«

»Ja, alte Zeitungen. Eher die Lokalnachrichten, die Mord- und Totschlagsgeschichten auf Seite drei. Und die Schlagzeilen natürlich. Hin und wieder lese ich sogar die Kolumnen.«

»Aber warum alte Zeitungen? Ich meine, liest du die aktuellen nicht?«

»Doch, manchmal schon, aber alte Zeitungen zu lesen macht mir mehr Spaß.«

»Hat das was Nostalgisches?«

»Nee. Beziehungsweise, ich habe noch nicht darüber nachgedacht. Kann sein, dass ich es mag, alte Artikel, die ich schon mal gelesen habe, noch einmal zu sehen oder mich daran zu erinnern. Ich bin mir nicht sicher. Vielleicht verschafft es mir Seelenfrieden, zu wissen, dass das, was ich da lese, vorbei und passé ist. Eine schlechte Nachricht aus der Zeitung von heute ist niederschmetternder als die aus einer früheren. Beim Durchblättern alter Zeitungen blättert man eigentlich auch noch einmal durch sein eigenes Leben. Wenn ich etwa lese, dass Ahmet Kurtcebe Altemoçin Finanzminister wurde oder Yıldırım Akbulut auf dem Parteikongress der ANAP den Parteivorsitz verlor, erinnere ich mich auch, was ich an jenen Tagen gemacht habe. Das Ganze hat natürlich auch seine vergnüglichen Seiten, so wie die Wahlversprechen der Kandidaten.«

»Ich verstehe, glaube ich. Erscheint mir ziemlich ermüdend. Ich komme kaum dazu, ein Buch in die Hand zu nehmen, und Zeitungen lese ich am PC. Mehr vertragen meine Augen wohl nicht.«

»Das liegt sicher an der Arbeit.«

»Teilweise. Trotzdem würde ich gern so leben wie du. Derart gleichgültig sein … Zu Hause sitzen können, ohne sich um irgendetwas zu scheren …«

In puncto Gleichgültigkeit war ich nicht ihrer Meinung, tat aber zustimmend.

»Ach, übrigens, ich habe mir den Film angesehen, von dem du bei unserem ersten Treffen gesprochen hattest. Mit Robert De Niro, wo er sagt: ›Du bist gut, Doktor‹«, änderte ich das Thema, als wäre der Film mir gerade in den Sinn gekommen.

»Du meinst *Reine Nervensache*. Und, hat er dir gefallen?«

»Nicht schlecht, obwohl ich Besseres erwartet hatte. Ich habe ihn mir eigentlich wegen dem Mann angeschaut, den du mit mir verglichen hast. Diesem Doktor.«

»Ich denke, dass du mutiger bist.«

»Das Wichtigste, was ich über Mut weiß, ist, dass er in der Regel mit einer Portion Naivität gepaart ist, und so gesehen könntest du recht haben.«

»Wenn du mich fragst, erfordert es Mut, sich auf die Suche nach Deniz zu begeben. Du hast wahrscheinlich begriffen, wie gefährlich sie ist.«

Bingo. Ich hätte nicht erwartet, dass meine Annahme sich so schnell bestätigen würde. Emels mit aufrichtiger Sorge vorgebrachte Meinung über Deniz zeigte, dass ich in der Tat ein wenig naiv war. Klar, dass ich mich gerade jetzt nicht outen würde:

»Gefahren lauern überall.«

»Aber … Diese Männer, mit denen sie zusammen ist. Die sind mir nicht geheuer. Ich habe sie nie gemocht, aber ich habe mich nicht einmal getraut, das Deniz gegenüber zu erwähnen. Doch dir will ich es sagen. Du musst aufpassen. Ich möchte sogar, dass du die Sache erledigst, ohne direkt mit ihnen in Berührung zu kommen. Mit ihnen oder Deniz …«

Wenn die menschliche Seele einem der Gefühle, denen sie sich hingibt, mehr Bedeutung beimisst als den anderen, konzentriert sie sich, glaube ich, nur noch darauf. Wahrscheinlich hätte ich mir jetzt Sorgen machen sollen, weil Emel mir etwas erzählte, das sie mir bislang vorenthalten hatte: Deniz hatte eine Reihe von Männern um sich, und diese Typen waren zum Fürchten. Das sollte eigentlich genügen, um mich zu beunruhigen. Insbesondere, weil ich morgen Deniz und höchstwahrscheinlich auch diese Männer treffen würde.

Ich aber – warum wohl? – war gedanklich immer noch bei Emels Sorge um mich und freute mich, wo ich mir doch eigentlich Sorgen hätte machen sollen, und saß da mit einem dümmlichen Grinsen. War es das, was man getrübte Freude nannte?

»Ich meine es ernst. Mit denen ist nicht zu spaßen.«

»Sie werde ich morgen wohl auch treffen.«

»Sehr wahrscheinlich ja. Gibt es keinen Weg, das Treffen zu vermeiden und den Fall an dieser Stelle zu beenden? Oder bleibst du Kemal dann etwas schuldig?«

»Kemal nicht, aber mir selbst. Ich muss diesen Fall irgendwie abschließen. Vielleicht nach den Wünschen von Deniz und ihren Männern, vielleicht aber auch so, wie Kemal Deren es will.«

Als der Ober das Essen brachte, verstummten wir. Unser Tisch wurde gedeckt, wie ich es seit vielen Jahren nicht mehr gesehen hatte. Der Kellner öffnete eine Flasche Rotwein und goss ein wenig in mein Glas. Das hatte ich mittlerweile gelernt: Ich würde den Wein kosten und ihn für gut befinden, und er würde unsere Gläser füllen. Nachdem der Ober sich entfernt hatte, nahm Emel einen Schluck und legte den Kopf zu Seite, die Augen tränenerfüllt, als würde sie jeden Moment anfangen zu weinen.

»Was meinst du, was Deniz will?«, fragte sie.

»Wahrscheinlich einen Deal. Sie hat mich ja angerufen … Aber ich weiß nicht, welche Art von Deal das ist. Worauf basiert denn die Beziehung zwischen Deniz und diesen Männern?«

»Sag nicht, dass du das nicht verstanden hast.«

»Ehrlich gesagt nein.«

»Diese Männer … Deniz' frühere Bosse … Sie schickten sie zum Anschaffen.«

XVII

Sie hatte alle an der Nase herumgeführt. Ihren Mann, ihre Familie, ihre Freunde, indirekt sogar mich. Deniz Cengiz war ein Callgirl. Seit Tagen rannte ich hinter einem Callgirl her und hatte es nicht einmal bemerkt.

Vor Jahren hatte sie damit angefangen, noch als Studentin. Das Studium diente ihr nur zu dem Zweck, von ihrer Familie wegzukommen. Bei den Aufnahmeprüfungen erwarb sie die Zulassung für den Studiengang Dokumentation/Information, ging aber nur bei der Uni vorbei, um sich zu immatrikulieren.

Ihr Vater konnte ihr nicht viel Geld schicken. Wenn sie nur das Nötigste ausgegeben hätte und im Studentenwohnheim in Istanbul wohnen geblieben wäre, in das sie im ersten Semester gezogen war, hätte das Geld vielleicht sogar gereicht. Womöglich aber auch dann nicht. Im Grunde genommen reicht es nie.

Zuerst nahm sie sich, ohne ihre Finanzlage zu überdenken, mit zwei Kommilitoninnen eine Wohnung. Mit dem Geld, das sie von zu Hause bekam, konnte sie gerade ihren Anteil an der Miete zahlen. Deniz brauchte mehr.

Sie begann zu arbeiten. Oder versuchte es zumindest. Als Kellnerin, als Verkäuferin von Wasserfiltern, als Befragerin für Zigarettenfirmen, als Telefonistin im Kundendienst eines Betriebs.

Istanbul. Die Stadt, die nie schläft. Auf diese oder jene Weise entwickelte sich alles so, wie Deniz es wollte. Niemand mischte sich ein, sie konnte kommen und gehen, wann es ihr beliebte, sie hatte Freunde und konnte auch mit ihnen schlafen.

Aber es gab immer noch mehr.

Schwer zu sagen, was sie zu dieser Entscheidung bewogen hatte. Ich fragte nicht danach, und ich denke auch nicht, dass Emel es wusste. Vielleicht hatte eines Tages ein Mann, mit dem sie einen One-night-stand hatte, gedacht, er müsse bezahlen. Oder Deniz hatte Männer, mit denen sie schlief, um eine kleine Unterstützung gebeten.

Als Deniz ihren einundzwanzigsten Geburtstag feierte, konnte man ihr Leben nicht mehr als ›normal‹ bezeichnen, denn sie war ein Profi-Callgirl mit weitverzweigten Verbindungen. Sie verdiente gut, war allein in eine schöne und teure Mietwohnung gezogen und hatte, da sie nicht ›übermäßig‹ arbeitete, jede Menge Zeit für sich.

Einmal, in ihrer freien Zeit, hatten Deniz und Emel einander kennengelernt. Emel war damals eine ganz normale Frau gewesen, die ihren Master machte und gleichzeitig als Investmentberaterin bei einer Bank arbeitete. Wenn auch nicht mit Deniz vergleichbar, so führte sie doch ein Nachtleben und ging häufig aus. Allerdings fand ihre erste Begegnung nicht in einer solchen Nacht statt.

Sie lernten sich weit weg von Istanbul kennen, in Olympos. Emel hatte die Chance für einen Kurzurlaub genutzt. Deniz war allein dort gewesen, also schien auch sie sich nur erholen zu wollen. Sie befanden sich in einem bescheidenen Ferienort für junge Leute – dementsprechend ohne großen Komfort –, in dem man keine teuren Callgirls erwarten würde.

Deniz hatte das Bedürfnis zu reden und wahrscheinlich gedacht, sie würde Emel nie wiedersehen. Deshalb erzählte sie ihr alles. Dass sie ein Callgirl war, wie sie arbeitete, wie miserabel sie sich gelegentlich fühlte und wie herrlich ihr Leben hin und wieder war. Sind wir nicht jenen Fremden gegenüber am ehrlichsten, von denen wir denken, dass wir sie niemals wiedertreffen? Wie etwa während eines Zwischenstopps an einem Kleinstadtbusbahnhof, wo man zufällig mit jemandem ins Gespräch kommt und seine intimsten Details ausplaudert.

Deniz war es eigentlich nicht unangenehm, ein Callgirl zu sein. Sie teilte auch nicht die Absicht ihrer zahlreichen dämlichen Kolleginnen, irgendwann die wahre Liebe zu finden und ›diesem Leben‹ zu entfliehen.

Während sie Emel alles erzählte, konnte sie natürlich nicht ahnen, dass sie einander in Istanbul wieder begegnen würden.

Als sie sich zum ersten Mal abends zufällig trafen, beließen sie es dabei, sich aus der Distanz zu beäugen. Hatte Deniz sich geschämt? Ich weiß es nicht. Emel aber meinte, dass sie sich für Deniz geschämt hätte. Sie hatte sie grüßen wollen, es sich dann aber verkniffen, um Deniz nicht in Verlegenheit zu bringen.

Beim zweiten Mal begegneten sie sich wieder in derselben Bar. Diesmal war Deniz allein. Als Emel sie grüßte, grüßte sie zurück; sie sprachen miteinander. Erstaunlicherweise verstanden sie sich wunderbar. Sie waren sich zwar nicht ähnlich, aber womöglich sah Emel in Deniz das, was sie nicht erleben konnte, und Deniz in Emel das, was sie nicht geschafft hatte. Soweit ich es einschätzen konnte, waren beide mit ihrem Leben zufrieden. Beide waren sich sicher bewusst, dass die eine an der Stelle der anderen sein könnte; dass das Leben Menschen in völlig unterschiedliche Richtungen zu drängen vermochte. Deniz hatte eine Freundin gefunden, die sie akzeptierte, ohne sie zu verurteilen. Laut Emel sehnte Deniz sich zwar nach einem Leben, wie Emel es führte, wusste aber genau, dass es zu spät war, um das Steuer herumzureißen.

Von jenem Tag an war Emel der Mensch, dem Deniz am meisten vertraute. Sie war jung und schön wie sie selbst und hatte dazu noch eine exzellente Ausbildung. Bei manchen Entscheidungen bat sie Emel um Rat, und sie teilte ihre Geheimnisse über manche Kunden, die sie sonst niemandem erzählt hätte, mit ihr. Unter ihnen waren Namen, die sogar ich kannte. Verlogene Gesichter aus der Flimmerkiste, einzige Gäste meiner Abende … Männer, deren Namen in Paparazzi-Programmen mit Geschrei angekündigt werden und über deren nächtliche Aktivitäten die ganze Türkei im Bilde ist, von denen aber keiner so recht weiß, was sie eigentlich beruflich tun.

Eines Tages geriet Deniz in Schwierigkeiten. Zum ersten Mal, seit sie einander kannten, sah Emel Deniz traurig und teilnahmslos.

Es war ein gewöhnlicher Anruf gewesen, ein ganz normaler potentieller Kunde. Er war höflich, und zudem bekannt in der Mehrheit der Bevölkerung – ich eingeschlossen –, deren einziges Vergnügen das Fernsehen war. Sie trafen sich bei Deniz zu Hause.

Auch vorher schon hatte sie Kunden mit interessanten Sonderwünschen gehabt, die sich auspeitschen ließen, einen weiteren Mann mitbrachten und für Sex bezahlten, an dem sie sich selbst nicht beteiligten, die wollten, dass Deniz Sex mit ihren Ehefrauen hatte, die sich nur für ihre Füße interessierten, die sich vor dem Höhepunkt würgen ließen …

Daher war der Wunsch des Kunden für Deniz auch nicht befremdlich.

Der Mann, der zwar als Geschäftsmann bekannt war, von dem aber niemand so recht wusste, womit er seine Geschäfte machte, hatte sie auf den Bauch gelegt, an Hand- und Fußgelenken ans Bett gefesselt und, als er fertig gewesen war, Deniz nicht losgebunden, sondern an seinen Chauffeur weitergereicht. Vielleicht hätte sie sogar das ertragen können, aber als der Mann ohne zu bezahlen aus der Wohnung ging, ließ er sie gefesselt zurück.

Am grauenvollsten jedoch waren seine Worte beim Weggehen: »Ab jetzt bist du meine kleine Hure. Du kommst, wenn ich dich rufe, und gehst, wenn ich es dir sage. Kapiert? Sonst mach ich dich fertig. Ich mach dich alle …«

Deniz befreite sich aus ihren Schals, mit denen sie ans Bett gebunden war, setzte sich in die zerwühlten Laken und weinte vor Angst, zum ersten Mal, seit sie diesem Job nachging. Denn eine innere Stimme sagte ihr, dass es nicht dabei bleiben würde und dass sie nun eine »Plage« am Hals hatte.

Während viele Prostituierte ihre Zuhälter loswerden und unabhängig arbeiten wollen, spürte Deniz, dass sie sich einen Zuhälter zulegen musste. Zur Polizei konnte sie nicht gehen, weil diese in letzter Zeit allzu erpicht darauf war, Details aus Ermittlungen, in die berühmte Namen verstrickt waren, an die Presse weiterzugeben. Und Deniz wollte natürlich nicht, dass Schiffe, die sie verbrannt, und Brücken, die sie längst hinter sich abgebrochen hatte, wieder vor ihr auftauchten. Ihre Familie, die seit Jahren nichts von ihr gehört hatte, sollte nicht auf diesem Wege Nachricht von ihr bekommen.

Am nächsten Tag riss sie sich zusammen und überdachte noch einmal ihre Entscheidung. Vielleicht handelte es sich bloß um eine leere Drohung, und es wäre doch unvernünftig gewesen, ihr nachzugeben und sich an einen Zuhälter auszuliefern. Sie verwarf den Gedanken. Bis zur nächsten Woche.

Die strahlende Berühmtheit aus der Regenbogenpresse und sein getreuer, das Geheimnis seiner sexuellen Perversionen hütender Chauffeur kamen wieder. Und noch dazu ohne Vorankündigung, mitten in der Nacht.

Es war schlimmer als beim ersten Mal.

Sie beließen es nicht nur beim Fesseln, sondern fügten ihr auch Schmerzen zu. Das meiste von dem, was sie mit ihr machten, tat sie auf Wunsch anderer Kunden auch, aber diesmal war es anders. Was sie akzeptiert hätte, wenn man sie danach gefragt hätte, nahmen die beiden sich mit Gewalt.

So sah sie sich gezwungen, mit Orkan zu arbeiten. Orkan wusste, welchem Gewerbe Deniz nachging, hatte sich aber angesichts ihrer Schönheit nicht vorstellen können, dass sie so lange ohne Zuhälter ausgekommen war. Oder er hatte sich, wie Emel meinte, irgendwie in Deniz verliebt. Denn als einer, der in der Szene unterwegs war, hätte er eigentlich wissen müssen, dass Deniz allein arbeitete. Wenn er es gewusst hätte, hätte er doch viel früher seine Fühler ausgestreckt. Wenn Emel aber recht hatte, dann war Orkan eben bis über beide Ohren in Deniz verliebt. Das traditionelle Modell vom Callgirl, das in seinen Zuhälter verliebt ist, verkehrte sich ins Gegenteil: Orkan wurde Zuhälter, verliebt in sein Kapital. Eine Art moderne Version des Carmen-Motivs, alla turca, versteht sich.

Auf diese Weise entwickelte sich zwischen den beiden eine ungewöhnliche Zuhälter-Hure-Beziehung. Orkan nahm Deniz unter seine Fittiche und akzeptierte nur einen kleinen Anteil ihrer Verdienste. Laut Emel rührte Orkan Deniz' Geld gar nicht an. Er war in sie verliebt, ihr Zuhälter und, wieder laut Emel, auch ihr Kunde.

Orkans erste Amtshandlung bestand darin, jenem klingenden Namen der Prominentenwelt eine Lektion zu erteilen. Mit zwei seiner Männer wartete er eine Woche lang bis in die Morgenstunden in Deniz' Wohnung. Sie waren sicher, dass dieser Hurensohn wiederkommen würde. Und das tat er auch.

Jenem zwielichtigen Geschäftsmann und seinem Fahrer, der neben seiner Tätigkeit als Chauffeur auch noch über viele andere Talente verfügte, ließen Orkan und seine Männer genau das zuteil werden, was sie Deniz angetan hatten. Sich das anzuhören war kein Vergnügen. Vor allem angesichts der ruhigen Miene, mit der Emel sprach, überzeugt, dass die Männer ihre verdiente Strafe für ihre Taten bekommen hatten.

Dann begannen Deniz' letzte Tage als Callgirl. Orkan behandelte sie gut, aber Deniz beklagte sich immer häufiger bei Emel über ihren Job. Sie suchte nach einem Weg, ihr Leben zu ändern.

Und genau in jener Zeit lernte sie Kemal Deren kennen.

Es war einer der seltenen Abende, an denen Kemal Deren ausging. Mit seinen Freunden wollte er einen oder zwei Rakı trinken, über die Arbeit reden, und mit etwas Glück wollte jeder mit einem schönen Mädchen nach Hause gehen. Gleich zu Beginn war Kemal Deren Deniz Cengiz ins Auge gefallen. Offensichtlich besaß er Geld und sah nicht schlecht aus. Anfangs hatte sie ihn als Kunden für diesen Abend auserkoren. Etwas in seinen Augen aber, das Emels Worten nach Männern eigen war, die sich für besonders intelligent hielten, ein naiver Blick ließ in Deniz Cengiz ein Licht aufgehen, und in dem Moment beschloss sie, Kemal Deren zu erobern.

Anders als bei einem Kunden, den sie zielgerecht ansteuerte und verführerisch um den Finger wickelte, spielte sie das schüchterne Mädchen und erlaubte Kemal Deren, sich wie der Eroberer zu fühlen. Sie war fest entschlossen: Sie würde erst mit ihm schlafen, wenn sie verheiratet waren.

In einer illegalen Praxis in Şişli wurde die Zukunft dieser Blitzliebe durch die geschickten Hände eines mit Berufsverbot belegten Gynäkologen besiegelt. Er beseitigte das »Problem«, das Kemal Deren in den Strudel seines Männlichkeitskomplexes hätte ziehen können. Unser Mädchen war nun bereit für die Rolle der tadellosen Braut. Sie hatte keine Familie, die sie von ihrer Hochzeit hätte unterrichten wollen. Emel sprach wenig über Deniz' Verhältnis zu ihrer Familie; ihre Überreaktion auf meine Fragen brachte mich allerdings auf den Gedanken, dass sie zwar etwas wusste, aber trotz der vielen Details, die sie mir erzählt hatte, noch nicht bereit war, mir davon zu berichten.

Emel zufolge war Orkan der Einzige, der sich über diese Heirat grämte, wobei aber auch seine Trauer nicht von langer Dauer war. Auch nachdem Deniz Cengiz zu Deniz Cengiz Deren geworden war, traf sie sich gelegentlich mit Orkan und wusste diese Rendezvous vor ihrem Mann zu verheimlichen. Dazu dienten wahrscheinlich auch dieser angebliche Webdesign-Job und die Visitenkarte. Fast schon zu viel für einen vertrauensvollen Ehemann.

Aus irgendwelchen Gründen fühlte sich Deniz Cengiz Deren in letzter Zeit immer stärker zu Orkan hingezogen. Wenn auch nicht mit derselben Häufigkeit wie früher, so war sie doch tagsüber mit ihm zusammen. Nicht weil sie in seiner Schuld stand, sondern weil sie es tatsächlich zu wollen schien. Denn eigentlich waren das die glücklichsten Tage ihrer Ehe.

Entweder hatte Deniz Cengiz Deren mit kleinen Eskapaden ihr »Belle de Jour«-Leben ausdehnen wollen, oder sie plante etwas anderes. Hauptursache dafür war Emels Meinung nach Orkan; aber auch wenn er vielleicht gefährlicher war, als es den Anschein hatte, war er nicht der Mann, der Deniz entführen oder in Schwierigkeiten bringen würde.

XVIII

Während Emel mir all das erzählte – am Ende unter Tränen, wie eine Mutter, die um ihre Tochter weint –, hatten wir unser Essen beendet und auch eine zweite Flasche Wein zur Hälfte geleert. Ich war durcheinander; allmählich bekamen die Dinge Konturen, aber ich war auch wütend auf mich, weil ich nicht längst selbst darauf gekommen war.

»Bist du immer noch entschlossen, morgen hinzugehen?«

Obwohl ich wusste, wie entsetzlich es stank, zündete ich mir eine Zigarette an.

»Was bringt dich auf die Idee, dass es gefährlich sein könnte? Wenn du mich fragst, sehen sie in Kemal Derens Suche nach Deniz eine Chance, die sie nicht außer Acht lassen werden. Außerdem habe ich Deniz offen gesagt, dass ich sie auf keinen Fall gegen ihren Willen nach Hause zurückbringen werde.«

»Keine Ahnung. Vielleicht ist es gar nicht gefährlich. Ich mache mir nur Sorgen um dich. Ich wollte das alles nicht mehr vor dir verheimlichen. Klingt vielleicht blöd, aber ich hatte Angst, verantwortlich zu sein, falls dir etwas zustößt. Jetzt aber glaube ich, dass ich mich nicht vor der Verantwortung fürchte, sondern davor, dass dir etwas passiert.«

»Woher der Meinungsumschwung?«

»Weil ich dir alles erzählt habe, was ich weiß, und dich warne, aber trotzdem habe ich Angst.«

Keine poetische Liebeserklärung, kein Ausdruck der Liebe, kein Gelübde und kein Kompliment hätte ich gegen diese Worte eingetauscht. Ich fasste all meinen Mut zusammen und nahm ihre Hände, die auf dem Tisch lagen, zwischen meine.

»Du weißt gar nicht, wie glücklich mich das macht.«

»Dass ich Angst habe?«, fragte sie lächelnd. »Ja, du bist ein süßer Typ.«

»Und du eine sehr süße Frau.«

»Weißt du, dass du gerade roter bist als der Wein? Das gefällt mir sehr.«

Dann betrachteten wir einander eine ganze Weile, ohne ein Wort zu sagen. Und so blieb es, bis wir auch noch die dritte Flasche Wein geleert hatten.

»Wenn du mich fragst«, meinte Emel, »steckt Orkan irgendwie in Schwierigkeiten. Womöglich hat er Geldprobleme, Schulden, die er bezahlen muss, und sucht gemeinsam mit Deniz nach Wegen, dieses Geld aus Kemal herauszukitzeln.«

»Wieso haben sie dann nicht schon viel früher eine Lösegeldforderung gestellt?«

»Sie waren sich eventuell nicht sicher, ob Kemal zur Polizei geht. Wenn Kemal das getan hätte, wäre das Ganze wahrscheinlich längst vorbei und Deniz wäre mit einer erfundenen Geschichte nach Hause zurückgekehrt. Deshalb werden sie gewartet haben, bis sie sicher waren, dass Kemal nicht zur Polizei geht. Ich weiß nicht, wie sie vorgehen werden. Vielleicht wird jemand Kemal anrufen, sich als Verwandter von Deniz ausgeben und Geld verlangen. Als entfernter Cousin oder so. Kemal kennt niemanden aus Deniz' Familie.«

»Das hat sie erwähnt.«

»Wie auch immer – ich glaube, dass es ein großes Glück für sie war, dass du mit der Sache beauftragt wurdest. Ich hoffe, ich habe nichts Falsches gesagt?«

»Nein, das stimmt schon. Ich dachte bloß immer, dass von zu Hause abhauen und sich freuen, dass man händeringend gesucht wird, typisch für Teenager sei. Darüber lache ich.«

Sanftes Licht ging an, die Musik verstummte. Um ehrlich zu sein hatte ich die Musik bis dahin gar nicht bemerkt. Bestimmt war sie für Leute mit erlesenem Musikgeschmack komponiert worden. In meinen Ohren klang es wie Kühlschrankgeräusche. Sicher wollte man uns mit diesen Gesten höflich darauf hinweisen, dass das Restaurant zu schließen gedachte. Ich warf einen

Blick auf die Rechnung, zog mein Portemonnaie aus der Tasche und hinterließ auch noch ein saftiges Trinkgeld. Sie hatten es sich wirklich redlich verdient.

Wir verließen das Lokal und gingen durch die İstiklal-Straße. Wir waren wie verliebte Teenager; Emel hatte sich bei mir untergehakt, und mit meiner anderen Hand hielt ich die ihre, die auf meinem Arm lag. Morgen würde ich mich mit einer völlig Unbekannten treffen, wahrscheinlich die Akte Kemal Deren schließen oder mich dem Abschluss zumindest kräftig nähern, aber nichts davon interessierte mich.

Ich war verliebt.

»Wollen wir irgendwo einen Kaffee trinken?«

Wir betraten eine Konditorei in der İstiklal-Straße und stiegen in die obere Etage. Ich bestellte einen Kaffee und Emel Kaffee und Crème chocolat.

Während wir dort saßen, begann ich alte Geschichten zu erzählen, an die ich ewig nicht gedacht hatte, und sie schien sich sehr zu amüsieren. Meist waren es Anekdoten über die dümmsten aller dummen Verbrecher oder die Unfähigkeit und Fehler der Polizei. Einiges erzählte ich zum ersten Mal, manches war traurig, manches urkomisch. Am Ende einer Episode aus der U-Haft-Zelle meinte ich: »Das alles kommt dir sicher sehr fremd vor.«

»Nicht so fremd, wie du denkst. Ich hatte ein, zwei Mal mit der Polizei zu tun, und schöne Erinnerungen sind das nicht.«

Sie musste mein Entsetzen bemerkt haben.

»Ich war noch Studentin. Enthusiastisch, wollte die Welt verändern. Keine Ahnung … Ich war eben jung. Ich wurde ein paar Mal festgenommen. Ich kann nicht behaupten, dass man mich gut behandelt hätte.«

»Das mag stimmen. Genau genommen haben es Leute, die aus politischen Gründen verhaftet werden, besser als manche andere. Wie auch immer der Befehl lautet, die Beamten gehen bei dem Festgenommenen von jemandem mit politischer Identität aus und handeln dementsprechend. Einen Autoradiodieb, bei dem sie sicher sind, dass sich niemand nach ihm erkundigen wird, behandeln sie schlechter. Ganz bestimmt.«

»Wenn du es sagst, glaube ich dir. Und du? Hast du je etwas … Schlimmes gemacht?«

Ihre glühenden Augen flehten mich mit kaum verhohlener Sorge an, ich möge diese Frage verneinen. Aber ich fühlte mich verpflichtet, ihr die Wahrheit zu sagen.

»Kommt darauf an, was du unter Misshandlung verstehst. Ich war nie beim polizeilichen Staatsschutz, man hielt mich wohl nicht für geeignet. Ich war wahrscheinlich der weichste Polizist in unserer Dienststelle, aber sogar ich habe die eine oder andere Ohrfeige ausgeteilt. Das war nicht in Ordnung, ich weiß, dass es falsch war, und unter anderem auch deswegen habe ich aufgehört. Weil ich mich zum Beispiel nicht beherrschen konnte, als ein Heroinabhängiger vor mir saß und mit gackerndem Lachen schilderte, wie er seine Großmutter umgebracht hatte. Was ich tat, war das Inakzeptabelste von allem. Nie habe ich jemanden misshandelt, um ihn zum Reden zu bringen oder dazu, ein mutmaßlich verübtes Verbrechen zu gestehen. Ganz im Gegenteil, ich tat es, weil ich bei manchen Typen, die ungefragt und ohne jegliche Reue ein Geständnis ablegten, meine Wut nicht im Zaum halten konnte. Ich weiß, ich hätte das nicht tun dürfen.

Stell dir vor, ein widerlicher Typ missbraucht jahrelang kleine Jungen, die bei ihm arbeiten, und erzählt das genüsslich, als könne er stolz darauf sein. Dann behauptet er noch, die Knaben hätten es selbst so gewollt. Und das, während die Jungen heulen aus Angst, ihr Meister könne freigelassen werden. Normalerweise hätte ich ihn an die Staatsanwaltschaft ausliefern müssen. Aber wenn er bei der ersten Anhörung, zumindest bis zur Verurteilung, auf freien Fuß gesetzt worden wäre? Schließlich hatte er einen festen Wohnsitz, und die Beschwerdeführer waren zwei kleine Jungs und dazu auch noch Klebstoffschnüffler. Wenn es sogar zum Freispruch käme? Denn ich wette, dass die Aussage zweier Klebstoffschnüffler das Gericht nur wenig beeindrucken würde. Wenn man dem Hurensohn aber etwas Gottesfurcht einbläut … Ich weiß auch nicht …

Ich muss gestehen, dass ich in solchen Situationen, obwohl ich keinerlei Recht dazu hatte, diesen und andere Dreckskerle mit etwas mehr Härte gemahnt habe. Wenn jeder trotz seiner Tat ungestraft davonkäme, könnte man auf dieser Welt nicht mehr leben. Es stimmt, ich hatte nicht das Recht, jemanden zu bestrafen oder zu tadeln oder Sonstiges zu tun. Nicht nur aus juristischer Sicht. Letztlich kam ich deswegen nie in die Bredouille, aber ich hatte eben nicht das Recht, Gott zu spielen, die Strafe zu bestimmen und zu vollstrecken. Ich bin nicht Clint Eastwoods *Dirty Harry* oder Charles Bronson.

Das ist auch mit ein Grund, warum es Justizbehörden gibt; Strafen, zu denen wir nicht den Mut hätten und die unser Gewissen nicht ertragen würde, verhängen sie in unserem Namen. Okay, jeder kann einen Moment lang schäumen vor Wut, aber was immer mir jemand auch angetan hat, ich will nicht, dass man ihm deswegen sein Leben nimmt. In jenem Augenblick kann ich es wollen, aber wenn ich es mit meinen eigenen Händen ausführe, wird es mich garantiert verfolgen, eines Tages bis in meine Träume. Man will sich doch friedlich ins Bett legen. Um ruhig schlafen zu können, ist es weniger wichtig, ob dir etwas widerfahren ist, als vielmehr, ob du jemandem etwas angetan hast. Wie dem auch sei … Wenn ich die Geschichte, die ich dir gerade erzählt habe, von jemand anderem gehört und die beiden weinenden Kinder nicht gesehen hätte, wäre meine Reaktion wahrscheinlich eine andere gewesen. Niemals hätte ich die Bestrafung mit meinen eigenen Händen ausgeführt. Aber um ehrlich zu sein – wenn ich Leute gesehen hätte, die drauf und dran waren, Dreckskerle wie ihn zu lynchen, hätte ich nie versucht, sie daran zu hindern, und würde es auch heute nicht tun.«

Sie hörte mir interessiert zu, und ich redete und ärgerte mich gleichzeitig über meine Offenheit. Kaum hatte ich etwas ausgesprochen, bedauerte ich es auch schon, und um mich zu verteidigen, redete ich gequält weiter. Ich stützte die Ellbogen auf den Tisch und verbarg mein Gesicht in meinen Händen.

»Wie gesagt, ich war kein guter Polizist und leistete auch nur meinen Pflichtdienst ab. Mein Vater hat mich auf die Polizeischule geschickt, darauf folgte die Polizeiakademie. Nach dem Abschluss muss man so viele Jahre arbeiten, wie man mit der Ausbildung verbracht hat, ansonsten muss man eine Entschädigung zahlen. Und natürlich war das mehr, als mein Vater hätte aufbringen können.

Irgendwie brachte ich die acht Jahre hinter mich und schied dann endgültig aus. Nein, die Polizei war nichts für mich. Du kannst dir gar nicht vorstellen, was Menschen anderen Menschen antun. Wenn ich nicht bei der Polizei gewesen wäre, hätte ich vielleicht genauso enthusiastisch wie du die Welt verändern wollen. Ich weiß nicht.«

Wir schwiegen eine Weile. Der Kaffee war getrunken, ihre Crème chocolat aufgegessen, und wir hatten einen weiteren Kaffee bestellt.

»Du bist nicht dazu geboren, Verbrecher zu fangen, bist aber trotzdem hinter Verbrechern her!«

»Nein. Kriminelle zu fangen ist nicht mein Job. In der Türkei gehören Straftäter ausschließlich dem Staat. Du kannst nicht wie in den USA selbst Gangster verfolgen, dazu hat niemand das Recht. Ich verstehe auch nicht, wie das in Amerika möglich ist. Es erscheint mir merkwürdig, dass Privatfirmen eine öffentliche Dienstleistung erbringen dürfen. Ich habe nichts gegen den Privatsektor. Okay, ich bin auch nicht für ihn. Besser gesagt, ich habe dazu, wie zu so vielen anderen Themen, nicht einmal eine Meinung. Aber dass private Einrichtungen Verbrecher jagen, erinnert mich ein wenig an den Wilden Westen und Kopfgeldjäger. Ich will natürlich nicht behaupten, dass unsere Polizei alle, die sie fasst, bedingungslos und ohne Misshandlungen oder Erpressung der Gerichtsbarkeit zuführt oder sie überhaupt vor den

Staatsanwalt bringt. Es kam hin und wieder vor, dass manche Polizisten die Festgenommenen ausnutzten oder manche üblen Typen wie ich ihre Wut nicht zügeln konnten. Wenn jedoch Privatfirmen so agieren oder Menschen, deren eigentliches Ziel der Profit ist, dann ist das um ein Vielfaches abscheulicher. Ich sagte ja: wie Kopfgeldjäger. Ich sehe einen Haufen Mistkerle vor mir, die Verbrecher nicht jagen, um sie der Justiz zu überstellen, sondern um sie zu erpressen. Denk an die Privatgefängnisse; sie verdienen, indem sie die Insassen beinahe umsonst arbeiten lassen. Wer kann sie daran hindern, mehr Menschen zu inhaftieren, wenn sie mehr Arbeiter brauchen? Natürlich werden die Verurteilten von den Justizbehörden dorthin geschickt, aber in Bezug auf die vorzeitige Entlassung beispielsweise ist es das Gefängnis selbst, das die Voraussetzungen schafft, um den Häftlingen die Entlassung zu erleichtern oder zu erschweren.«

»Was mich eigentlich verwirrt … Es ist schon seltsam, wir sitzen hier und reden. Wenn alle Polizisten so wären wie du, könnte ich ihnen vertrauen, ja ich könnte sie sogar mögen.«

»Das soll wohl ein Kompliment sein. Aber nein, ich war nie eine große Leuchte. Unter meinen Klassenkameraden gab es einige echte Talente. Meist behielten sie ihre Ansichten für sich und gingen irgendwie ihren Weg und machten sich auch nicht die Finger schmutzig. Deshalb ist dein Kompliment ein wenig überzogen.«

Sie warf den Kopf zurück, sah mir tief in die Augen und sagte: »Genug der Komplimente. Sollen wir aufbrechen?«

Das taten wir. Ich zahlte, und wir gingen. Ich war gespannt, ob sie sich trotz all meiner Geschichten wieder bei mir einhaken würde. Noch einmal ärgerte ich mich über mich selbst. Doch das, was ich befürchtet hatte, blieb aus. Wieder gingen wir Arm in Arm durch die İstiklal-Straße.

Am Taksim-Platz blieb ich stehen. Wir blickten einander ins Gesicht, meine Hände lagen an ihrer Taille und ihre Hände auf meinen Armen. Ich musste etwa sagen, ich musste etwas tun.

Ich wusste nicht, wo sie wohnte, und kannte daher natürlich den Weg nicht. Ich wollte aber auch nicht danach fragen, weil ich fürchtete, sie könne denken, dass ich den Abend hier beenden wollte. Ich hätte sie gern nach Hause eingeladen, aber ich hatte Angst, ich könnte gleich alles in der ersten Nacht verderben. Eine Weile sahen wir einander schweigend an.

»Willst du mich nicht fragen?«

»Ich weiß nicht, wie ich fragen soll.«

»Wie kommst du nach Hause? Mit was, meine ich?«

»Wahrscheinlich mit dem Taxi. Ich könnte zwar auch mit dem Bakırköy-Dolmuş bis nach Merter fahren und von dort weiter mit dem Taxi, aber so sparsam muss ich nun auch wieder nicht sein.«

Sie sah mir in die Augen, sie lächelte.

»Dann lass uns mal ein Taxi anhalten.«

Ich war begeistert. Sie verstand meine Wünsche, sie ahnte meine Absichten, bevor ich sie zum Ausdruck bringen konnte. Ihrer Intuition verdankte ich dieses Rendezvous und auch das, was heute Nacht geschehen würde.

Sie war mit das Beste, das mir je im Leben passiert war.

XIX

Am Morgen stand ich so früh auf wie noch nie. Die Sonne war gerade erst aufgegangen. Zum ersten Mal seit Ewigkeiten wachte ich auf, und eine Frau lag neben mir. Auch wenn ich diese Tatsache in vollen Zügen genießen wollte, kam ich auf die prima Idee, Emel ein unvergessliches Frühstück zu bereiten.

Auf Zehenspitzen ging ich in die Küche, setzte Teewasser auf und öffnete vorsichtig die Tür, immer mit Bedacht, keinen Lärm zu machen. Ich hätte natürlich auch alles telefonisch beim Krämer bestellen können, aber ich wollte nicht, dass die Klingel Emel weckte. Beim Krämer, der gerade erst geöffnet hatte, kaufte ich ein paar Sachen fürs Frühstück. Der Kerl schien nicht glauben zu können, dass er mich um diese Zeit schon auf den Beinen sah.

»Du hast heute Nacht wohl nicht geschlafen, Süreyya Abi?«

»Ich habe sogar sehr gut geschlafen. Wieso?«

»Um diese Zeit gehst du doch kaum aus dem Haus?«

Ich war neugierig, warum er so neugierig war. Ich wusste nicht, welchen Gewinn er daraus ziehen könnte, den Grund für mein frühes Aufstehen zu erfahren, aber wenn er weiterhin so neugierig war, konnte er einiges verlieren.

Die Tageszeitungen waren gerade erst eingetroffen, die Pakete noch ungeöffnet. Während der Krämer die Sachen fürs Frühstück einpackte, versuchte ich mich für eine Zeitung zu entscheiden. Mit der *Hürriyet* konnte ich nichts verkehrt machen, denn egal, wo ich hinging, überall sah ich die *Hürriyet*. Aber ich fand es seltsam, eine Zeitung zu kaufen, der ich nicht ein einziges Wort glaubte. Ich überlegte, ob es überhaupt eine Zeitung gab, deren Berichte ich glauben konnte. Zum Glück fiel mir ein, dass ich es nicht bei einer Zeitung belassen musste. Für alle Fälle kaufte ich eine *Hürriyet*, würzte die Morgenlektüre aber mit einer *Sabah* und einer *Radikal*. Ich wusste nicht, worin diese sich unterschieden, und würde es wohl auch nie erfahren, aber manche Menschen lesen nun einmal stur die Zeitung, und Emel konnte eine von ihnen sein.

Ich lese bekanntlich nur alte Zeitungen, aktuelle interessieren mich nicht. Wenn hin und wieder mein Blick auf eine neue Zeitung fällt, so scheint sie sich von den alten kaum zu unterscheiden, außer beim Konzept für wildes Layout. Ich glaube, ich verlor die Lust am Zeitunglesen, als die Logos immer mehr Ähnlichkeit mit der Aufschrift von Kekspackungen bekamen. Andererseits kann ich mich nicht erinnern, den unerträglichen Drang zum Lesen der *Cumhuriyet* verspürt zu haben, auch wenn deren Logo zeitlebens dasselbe war. Manchmal aber, nach einem spannenden Fußballderby, kaufte ich schon mal eine *Fanatik* oder *Fotomaç* und blätterte darin. In der Regel jedoch geht mein Verhältnis zu aktuellen Tageszeitungen nicht über das Lesen einer *Posta* mit halbherzig gelöstem Kreuzworträtsel hinaus, die mir zufällig im Teehaus in die Hände fällt.

Ich hatte die Wohnungstür offen gelassen und trat möglichst geräuschlos in die Küche, um das Frühstück vorzubereiten. Ähnlich Deniz Cengiz' Einkaufsliste hatte ich von den meisten Produkten nur so viel gekauft, dass es für ein Frühstück reichte, vielleicht ein Scheibchen oder zwei mehr. Etwas Wurst, ein wenig Kaşar-Käse, ein Päckchen Halloumi-Käse zum Braten in der Pfanne, vier Eier (diese gedachte ich über die gebratenen Halloumi-Scheiben aufzuschlagen; das hatte ich früher schon ausprobiert und es schmeckte köstlich), jeweils hundertfünfzig Gramm grüne und schwarze Oliven, hundert Gramm Büffelsahne und zwei ofenfrische Weißbrote. Besseres würde ich nicht hinkriegen. Ich dachte ohnehin nicht, dass Emel zum Frühstück Räucherlachs von mir erwartete.

Über die Oliven träufelte ich ein wenig kaltgepresstes Olivenöl und streute dann noch Thymian und Chiliflocken darüber. Für den Fall, dass Emel diese Zubereitung nicht mochte, stellte ich einen Teil der Oliven so auf den Tisch. Als das Wasser kochte, überbrühte ich den Tee und stellte die Flamme klein, um ihn ziehen zu lassen. Fürs Erste war alles fertig.

Seit meiner Kindheit hasste ich es, als Erster wach zu werden, vor allem, wenn wir woanders über Nacht zu Besuch waren. In der Regel bekamen wir ein Zimmer für unsere ganze Familie, und auch wenn ich wach geworden war, wagte ich nicht, das Zimmer zu verlassen. Ich versuchte, meine Mutter oder meinen Vater zu wecken, aber sie standen garantiert nicht auf. Dabei wusste ich genau, dass sie daheim Frühaufsteher waren. Es musste wohl eine Regel geben, wonach man als Übernachtungsgast nicht vor den Gastgebern aufwachen durfte, und die wollte mir einfach nicht in den Kopf. Wer weiß, vielleicht war ich an jenem Morgen so früh aufgestanden, um Emel ebendiese Langeweile zu ersparen.

Allerdings war meine derzeitige Lage auch nicht allzu erfreulich. Einerseits bewegte ich mich lautlos, um Emel nicht zu wecken, andererseits wollte ich, dass sie aufwachte.

Ich ging ins Schlafzimmer und beobachtete sie eine ganze Weile. Sie schlief den süßesten Schlaf, so kam es mir zumindest vor.

Im Bad bürstete ich mir die Zähne nicht zwei, sondern zwölf Minuten. Ich lächelte beim Anblick der Zahnbürste, die ich für Emel gekauft hatte. Hin und wieder funktionierte mein Gehirn eben doch ganz gut. Ich war gespannt, ob Emel bemerken würde, dass ich die Bürste für sie gekauft hatte, und sie dementsprechend benutzte.

Danach ging ich in die Küche und blätterte in den Zeitungen. Der Titel einer Seite-drei-Nachricht lautete: »Mann erwischt Geliebte mit eigener Ehefrau und tötet sie«. Zunächst erschien mir das etwas merkwürdig, doch beim Blick auf das Foto offenbarte sich mir das Geheimnis. Der Mann hatte seine Frau mit einer anderen Frau erwischt, und diese andere Frau war gleichzeitig seine Geliebte. Das könnte man, denke ich, als gleichschenkliges Liebesdreieck bezeichnen. Ich blätterte um und las in einer kleinen Meldung, dass Ece Ayhan gestorben war. Der Großteil der Titelseite war einem Bericht vorbehalten, in dem behauptet wurde, İsmail Cem würde die Wahl mit mehr als fünfzig Prozent der Stimmen gewinnen.

Ich wusste keins von Ece Ayhans Gedichten auswendig, hatte aber eine vage Vorstellung, dass sie hammermäßig waren. Ich musste eines oder zwei seiner Gedichte gelesen und gemocht haben, denn ich kannte ihre Namen. Während ich versuchte, mich wenigstens an die eine oder andere Zeile zu erinnern, hörte ich von drinnen Emels Stimme. Ich ging ins Schlafzimmer. Sie trug meinen alten Schlafanzug und hatte sich leicht im Bett aufgerichtet. Ich legte mich neben sie.

»Guten Morgen.«

»Guten Morgen.«

»Falls du aufstehen möchtest, das Frühstück ist fertig.«

»Seit wann bist du denn schon wach?«

»Keine Ahnung.«

»Ich hätte nicht gedacht, dass du vor mir aufstehst.«

»Ich bin noch nicht lange auf.«

»Komm zu mir.«

Ihr mundete mein Frühstück, vor allem meine Halloumi-Eier. Die schwarzen Oliven mit und ohne Öl rührte sie nicht an. Sie sprach von einer Olivenallergie oder etwas Ähnlichem und dass es mit den Speicheldrüsen zu tun habe. Von allem anderen aber aß sie mit großem Appetit, sie trank jede Menge Tee und las nebenbei die Zeitungen. Ab und an machte sie pfiffige Kommentare zu den aktuellen Themen. Ich hatte mir die dümmstmögliche Beilage der Sonntagszeitung – die Jobbörse – gegriffen und beobachtete mehr Emel, als dass ich las.

»Du gehst doch heute Abend, oder?«, fragte sie aus heiterem Himmel.

»Ja. Aber mach dir keine Sorgen. Ich denke nicht, dass es ein Problem geben wird.«

»Das sagst du doch nicht, um mich zu beruhigen?«

»Wenn ich Angst habe, dann zeige ich das auch.«

»Was liest du da?«

»Einen Artikel über Personalführung. Soweit ich es verstehe, haben Menschen, die von einer Plattform aus auf Glasscherben springen oder über glühende Kohlen gehen, großen Erfolg im Berufsleben.«

»Geht es um Seminare für Persönlichkeitsentwicklung?«

»Wenn du es so nennen willst, dann ja. Da ist einer, der von sich behauptet, der klügste Mann auf Erden zu sein, aber wenn ich mir sein Gesicht betrachte, sehe ich einen mittelprächtigen, ja sogar drittklassigen Betrüger. Unter normalen Umständen nach seinem Beruf gefragt, würde ich sagen, dass er einer von denen ist, die von Tür zu Tür gehen und Hausfrauen mit dem Märchen übers Ohr hauen, sie hätten bei einer Ziehung einen Küchenroboter gewonnen, müssten aber, um ihn zu bekommen, erst einmal diese Bettwäschegarnitur zum Preis einer Polstersitzgruppe kaufen. Aber er hat den Klassenaufstieg eben geschafft.«

»Ich kenne den Mann.«

»Echt? Er sieht mir nicht allzu intelligent aus. Der Kerl ist vielleicht gerissen, aber wie gesagt, er verfügt nicht einmal über jenes Vertrauen suggerierende Etwas eines Meisterbetrügers. Woher kennst du ihn?«

»Von internen Fortbildungsseminaren. Ich habe vorher bei einer Bank gearbeitet. Manche Mitarbeiter mussten teilnehmen, daher besuchte ich eine Woche lang seine Seminare.«

»Mich interessiert wirklich: Was tun sie dort? Was erzählt dieser Kerl?«

»Ich weiß nicht. Aber die meisten waren von seinen Vorträgen und Übungen sehr beeindruckt. Einige meinten sogar, sie fühlten sich wie neu geboren.«

»Und du?«

»Ach, ich bin zu misstrauisch, um mich von so was beeindrucken zu lassen. Ich weiß aber nicht, ob ich jemanden, so wie du, nur aufgrund seines Fotos zum Betrüger ausrufen würde, das ist wohl berufliche Intuition.«

»So etwa. Mit der Zeit lernt man, Betrüger zu erkennen. Aber natürlich ist es schlecht, Vorurteile zu haben.«

»Ach, lass doch, du hast ja so recht. Wenn ein Mann mächtige Abteilungsleiter abfüllt mit Sprüchen wie ›Du bist super, du bist spitze, du bist der Größte!‹ und dafür pro Teilnehmer ein paar Hundert Dollar kassiert … da ist sogar die ganze Diskussion, ob er ein Betrüger ist, überflüssig.«

»Die Firma hat ihn bezahlt, oder?«

»Natürlich.«

Ich stand auf und goss uns noch einen Tee ein. Emel rauchte nicht, weswegen ich mich ans Küchenfenster setzte, um meinen Tagesbedarf an Nikotin zu stillen, und die Zigarette dabei aus dem Fenster hielt. Am Abend würde ich Deniz Cengiz treffen. Er war also gekommen, der große Tag. Nebenbei hatte eine riesige Veränderung in meinem Leben stattgefunden, denn ich steckte urplötzlich in einer Liebesgeschichte, von der ich nicht wusste, wie lange sie andauern würde. Bei dem Gedanken, dass sie eines Tages zu Ende sein könnte, verspürte ich ein leichtes Ziehen.

Gegen Mittag verließen wir die Wohnung. Ich stellte mir vor, wie die Nachbarn uns verblüfft und neidisch beobachteten; der Krämer vor Eifersucht schier platzte, der Barbier Recep oder der Teekoch Alaeddin die Frau neben mir betrachteten und dachten, was für ein Glückspilz ich doch sei. Während ich Arm in Arm mit Emel weiterging, verkniff ich es mir natürlich, nach rechts oder links zu schielen, schließlich bin ich zivilisiert genug, um zu wissen, wie unhöflich das ist. Wer weiß, vielleicht hatte auch niemand beobachtet, wie ich mit der schönsten Frau, die das Viertel je zu Gesicht bekommen würde, das Haus verließ.

Über holperige Straßen, die so schmutzig waren, dass sie, und da wette ich eins zu zehn, nie wieder sauber werden, spazierten wir zum Bahnhof von Zeytinburnu. Es war Sonntag, wir hatten beide nichts vor, und wir wollten den Tag nicht gleich nach dem Frühstück beenden.

Da ich mich abends mit Deniz Cengiz Deren treffen würde, hatte ich für alle Fälle etwas Sportliches angezogen. Emel trug natürlich dasselbe wie gestern. Doch trotz des leicht zerknitterten Kleids und der etwas durcheinander geratenen Frisur war sie, mit diesem riesigen Lächeln im Gesicht, die schönste Frau der Welt.

Wir bestiegen den Vorortzug und stiegen am Bahnhof Cankurtaran wieder aus. Durch die herrlich schmalen Gassen spazierten wir hinauf bis zum Sultanahmet-Platz. Hin und wieder sagten wir etwas, manchmal hielten wir einander einfach nur schweigend in den Armen.

Wir setzten uns in den Teegarten neben der Sultanahmet-Moschee, gegenüber dem Deutschen Brunnen. Ich bestellte Schwarztee und sie Apfeltee.

»Seit ich mit der Uni fertig bin, war ich nicht mehr hier.«

»Hast du an der Istanbul-Universität studiert?«

»Nein, an der Bosporus-Universität. Aber ich hatte Freunde, die da vorne Kassetten und Kettchen und so was verkauften. Ich kam oft her. Hierher und in den Innenhof mit den Antiquariaten in Beyazıt. Nach der Uni aber kam ich nicht mehr dazu. Alles hat sich ganz schön verändert.«

»Ja. Es ist seltsam still hier, nicht wahr? Früher war selbst unter der Woche mehr los. Es war nett, damals gab es viele Zeitungsredaktionen in der Gegend, jede Menge Büros.«

»Das war wohl ein wenig vor meiner Zeit«, sagte sie lächelnd. Das war es wohl. »Trotzdem kann man den Straßen ansehen, wie viel Betrieb hier damals herrschte. Sieh nur die vielen ausgetretenen Bürgersteige, die abgerundeten Stufen am Straßenrand. ›Hier pulsierte früher das Leben‹, das drückt die Atmosphäre tatsächlich aus. Ist es nicht komisch? Als gingen wir durch eine antike Stadt. Fehlt nur noch der Reiseführer, der uns erklärt: ›Hier ist die Agora, dort ist jenes.‹«

»Hier rennen tatsächlich ein paar Touristenführer herum. Aber sie erzählen nur über die Zeiten von vor tausend Jahren, nicht von vor zwanzig Jahren.«

Eine Weile sahen wir einander an. Dann fragte Emel mit fast zitternder Stimme: »Bist du nervös, weil du dich mit Deniz treffen wirst?«

»Ein bisschen vielleicht. Als ginge ich in eine Prüfung, deren Ausgang nicht allzu wichtig ist. Wenn ich die Fragen richtig beantworten kann, freue ich mich, und wenn nicht, ist es auch kein Beinbruch.«

XX

Es stimmte, was ich Emel gesagt hatte. Irgendwie erwartete mich eine Art Prüfung. Aus tausend verschiedenen Mündern tausend verschiedene Deniz Cengiz Derens. Heute Abend würde ich die tausendunderste kennenlernen.

Das Betreten des »Alamut« gestaltete sich diesmal einfacher als beim ersten Mal. Ich war übrigens erstaunt, wie gut sich die Gorillas an Gesichter erinnern konnten. Wobei, solche Dinge gibt es; vollkommen hoffnungslose Fälle von Sekretärinnen entpuppen sich als Expertinnen im Wiedererkennen von Stimmen oder können sich Dutzende Telefonnummern merken. Ich freute mich ehrlich gesagt für die Türsteher, weil sie neben Verprügeln noch eine weitere Disziplin beherrschten. Auch wenn ich es nicht zeige, aber es kommt vor, dass ich Menschen mag, und auch, dass ich mich für sie freue.

Im Vergleich zum letzten Wochenende war es drinnen ziemlich leer, aber es gab genug Leute, die ich beobachten konnte, um mich nicht zu langweilen. Ich setzte mich an einen Tisch in der Ecke, von wo aus ich das gesamte Etablissement im Auge hatte, und zündete mir, da keine schöne Frau neben mir war, die der Gestank stören könnte, leichten Herzens eine Samsun an. Ach, dieser Rauch … Vielleicht sollte ich aufhören; seit Jahren rauchte ich, und außer gelben Zähnen und fast geschwärzten Wänden hatte es mir nicht viel eingebracht. Okay, es entspannte, aber auch das war Blödsinn. Millionen von Nichtrauchern schafften es, sich auch ohne Zigaretten zu entspannen.

Zum ersten Mal in meinem Leben überlegte ich, das Rauchen aufzugeben. Ich wusste ganz genau, wie grässlich ein Raucher für einen Nichtraucher miefte, selbst wenn er einige Stunden nicht geraucht hatte. Das Leben würde zweifellos schwer werden ohne Zigaretten – aber wie schwer könnte es schon werden?

Während ich über all das sinnierte, bemerkte ich den Kellner, der mich im Visier hatte und auf meine Bestellung wartete. Ich nickte leicht, und schon stand er neben mir und fragte nach meinen Wünschen. Für Rakı war es noch viel zu früh, und ich schmeckte noch den Wein von gestern Abend. Außerdem hatte Wein seit gestern Nacht eine besondere Bedeutung für mich. Also bestellte ich ein Glas.

Als der Kellner den Wein und eine dreieckige Serviette brachte, fragte ich ihn, wann Orkan Bey käme.

»Ich weiß es nicht. Der Wein kostet fünf Millionen Lira.«

Das ärgerte mich ein wenig; natürlich hatte ich nicht nach Orkan gefragt, um den Wein nicht bezahlen zu müssen. Aber mit dem Kellner würde ich das nicht diskutieren.

Ich begann, meinen Wein zu genießen. Jeder Schluck erinnerte mich an den gestrigen Abend und die Nacht. Wobei ich nicht glaube, dass es sich um dieselbe Weinsorte handelte, denn gestern Abend stand der Name des Lokals auf dem Weinflaschenetikett.

»Süreyya Bey, herzlich willkommen!«

»Hallo.«

Ich drückte seine mir entgegengestreckte Hand. Dieser Halunke von Orkan hatte noch immer etwas Unaufrichtiges an sich, und während ich mit ihm sprach, fühlte ich mich permanent genötigt, keine Angriffsfläche zu bieten. Der Kerl hätte echt einen guten Polizisten abgegeben. Oder einen guten Kriminellen. Worin immer sie sich auch unterschieden.

»Seien Sie mir nicht böse, dass ich beim letzten Mal nicht offen genug mit Ihnen geredet habe. Aber Sie wissen ja besser, dass man in diesen Zeiten nicht jedem vertrauen kann«, begann er, wieder mit diesem Augenzwinkern. Mit kräftigem Kopfnicken stimmte ich ihm zu.

»Macht nichts. Natürlich wüsste ich doch gern, was so plötzlich Ihr Vertrauen geweckt hat. Gestern noch trauten Sie mir nicht, aber heute trauen Sie mir.«

»Nun, unser Gespräch bei Ihrem zweiten Besuch hat mein Misstrauen hinlänglich ausgeräumt. Außerdem hat Deniz Nachforschungen über sie angestellt. Sie ist zu der Überzeugung gelangt, dass man Ihnen vertrauen kann. Wir kamen überein, dass sie Sie anrufen sollte, und bei diesem Telefonat haben sich einige ihrer Zweifel verflüchtigt. Sie wollte herausfinden, ob Sie – und das sind ihre eigenen Worte, deshalb verzeihen Sie bitte – ein Jagdhund sind, den ihr Ehemann auf sie losgelassen hat, oder nicht. Ich sagte ihr, dass Sie nicht so aussähen, und sie gewann nach ihren Erkundigungen denselben Eindruck. Aber trotzdem wollte sie Sie anrufen. Außerdem ist es ihre Angelegenheit, deshalb hätte ich Sie nicht an ihrer Stelle anrufen können.«

»Sie kommt doch heute Abend?«

»Nein. Sie kann leider nicht selbst kommen. Aber sie weiß, dass wir uns treffen. Gleich nachdem ich hörte, dass Sie hier sind, habe ich Deniz angerufen. Also gerade eben. Sie will alles aus der Ferne kontrollieren. Sie kennen ja die Frauen.«

»Das kann man kaum behaupten, und: Nein, ich habe nichts dagegen. Letzten Endes wollte sie sich mit mir treffen, nicht wahr? Da sie Sie geschickt hat, habe ich keine Einwände.«

»Sie haben recht. Das war unlogisch von mir. Sie sind mir doch nicht böse, oder? Weil ich Sie zwei Mal herbemüht und Ihnen kaum Informationen gegeben habe?«

»Nein, ich bin nicht böse. Sie sind nicht verpflichtet, mir Informationen zu geben. Und sollte es eine irgendwie geartete Verbindung zwischen Ihnen und Deniz Hanım geben, wäre es auch nicht korrekt, mir Informationen zu geben, ohne sie vorher zu fragen.«

»Das freut mich. Nun, in Bezug auf die von Ihnen erwähnte Verbindung, also zwischen Deniz und mir – haben Sie da eine Vorstellung, welcher Art sie ist?«

»Ja«, antwortete ich, »sogar eine recht klare. Soweit ich es verstanden habe ...«, begann ich, die mir bekannten Details der Geschichte zusammenzufassen. Selbstverständlich ohne Emel mit einzubeziehen. Ich wollte weder, dass er wusste, dass ich sie kannte, noch wollte ich erfahren, ob Emel und Orkan einander kannten.

»Ey«, meinte er, »Sie wissen mehr, als ich dachte. Ich muss gestehen, dass ich überrascht bin. Aber ich sollte nicht überrascht sein, oder? Schließlich sind Sie Detektiv. Dennoch hätte ich echt nicht erwartet, dass Sie so viel in so kurzer Zeit in Erfahrung bringen.«

»Allzu viel ist es eigentlich nicht. Ich weiß auch nicht, ob mir diese Erkenntnisse überhaupt nützen.«

»Und, zu welchem Schluss sind Sie gekommen?«

»Sagen wir so: Sie wollen einen einmaligen Betrag. Wer von Ihnen wie viel Prozent bekommt, weiß ich nicht. Sie inszenierten die Sache und fingen an, abzuwarten. Aber ein paar Risiken gab es doch.«

»Welche denn?«

»Kemal Deren hätte zur Polizei gehen können.«

»Ja, aber in dem Fall hätte er bloß erfahren, dass seine Frau entführt wurde. Ich glaube nicht, dass die Polizei sich des Falls so ernsthaft angenommen hätte wie Sie.«

»Sie irren sich. Wenn es jemanden von der Presse betrifft, widmet die Polizei dem Fall stärkeres Interesse als bei einem Normalbürger.«

»Trotzdem hätten sie Deniz nicht gefunden. Sie wären nicht mal bis zu mir vorgedrungen, und selbst wenn, hätte es ihnen nichts genützt.«

»Und wie kontaktiere ich sie?«

»Damit«, erwiderte er und hielt mir sein Handy hin. »Es wird gleich klingeln. Sie hat keine feste Nummer, sondern ruft mich von einem öffentlichen Telefon an. Ich hoffe, Sie denken nicht, dass der ganze Schwindel auf meinen Mist gewachsen ist. Deniz Hanım bestimmt die Regeln.«

Ich bin es gewöhnt, dass dort, wo Frauen sind, die Frauen die Regeln festlegen. Vielleicht gehörte Orkan von Berufs wegen zu der seltenen Minderheit, bei der das die Männern taten. Vielleicht erstaunte es ihn deshalb, dass Deniz eben genau das tat.

Während ich das Display betrachtete, klingelte das Handy, und leise Musik, die geniale Komposition eines Ingenieursmusikers der Telefonfirma, erfüllte die Bar. Ich drückte auf *Yes*. So viel wusste sogar ich.

»Hallo.«

»Guten Tag, Süreyya Bey. Ich hoffe, Sie sind nicht böse, dass ich nicht zu unserem Treffen gekommen bin.«

»Nein. Ich habe gehört, dass Sie verhindert sind.«

»Stimmt. Aber ich hoffe, dass das zumindest vorläufig unter uns bleibt.«

»Wie Orkan Bey bereits sagte, bestimmen Sie die Regeln. Dagegen habe ich nichts einzuwenden.«

»Ich bestimme also die Regeln, ja? Lustig. Können Sie sich denn auch vorstellen, was ich will?«

»So ungefähr. Eine Geldsumme, denke ich. Es wird um einen Betrag gehen, der erheblich über dem liegt, was ich von Ihrem Mann gekriegt habe und noch kriegen werde.«

»Ich weiß nicht, wie viel er Ihnen gezahlt hat, aber möglich ist es. Hat Orkan Ihnen die ganze Geschichte erzählt?«

»Das war nicht notwendig. Ich hatte selbst meine Schlüsse gezogen.«

»Über unsere Beziehung etwa …«

»Ich kann sagen, dass ich weiß, was ich wissen muss.«

»Waren Sie erstaunt?«

»Ja.«

»Aber so ist das Leben, nicht wahr? Wenn man mir als kleines Mädchen gesagt hätte, dass ich eines Tages als Callgirl arbeiten würde, hätte ich wohl zuerst einmal gefragt, was das ist, aber keiner kann seine Pläne verwirklichen, ist es nicht so? Ich war jung, Süreyya Bey. So jung, dass es mir heute die Tränen in die Augen treibt, wenn ich daran denke. Eine Zeitlang hatte ich Glück. Irgendwie gelang es mir, zu überleben und auf eigenen

Füßen zu stehen. Eines Tages passierte ein Unglück, und dank Orkan wurde ich gerettet.

Sie werden es vielleicht nicht glauben, aber ich mag Orkan. Mehr, als ich Kemal mag. Und noch mehr, wenn ich an das ganze Elend denke, in dem er steckt. Orkan ist ein guter Mensch. Aber auch das ist nicht wichtig. Für Kemal ist es einfach, ein guter Mensch zu sein. Ich sage nicht, dass er nie etwas Schlechtes getan hat, und ich behaupte auch nicht, dass er sich nie eines Vergehens schuldig gemacht hat. Er kann soweit sinken, bei der Steuererklärung zu schummeln. Aber er hat eben keine Größe. Verstehen Sie, was ich meine? Durch eine getürkte Steuererklärung hundert Millionen mehr rückerstattet zu bekommen ist das Höchste an Straftat, zu dem er fähig ist. Er ist langweilig, und trotzdem ist er mein Mann. Ich bin ihm dankbar, aber er ist zu naiv, als dass er verstehen könnte, warum ich ihm dankbar bin. Vielleicht bin ich ihm auch dankbar, weil er so naiv ist. Ich rede Ihnen ein Loch in den Bauch, stimmt's?«

»Ganz im Gegenteil – Ihnen zuzuhören hat etwas, das mir Spaß macht. Und verblüfft.«

»Ey, Sie werden mich wohl kaum für eine dieser Kaugummi schmatzenden Straßendirnen gehalten haben. Sie wissen, ich habe studiert.«

»Dokumentation/Information.«

»Ach ja, das auch. Aber das meinte ich nicht. Ich betrieb eine Art Selbststudium. Je mehr ich las, umso verwirrter wurde ich. Aber wissen Sie, dieses Durcheinander im Kopf, dieses Nicht-entscheiden-Können, was richtig und was falsch ist, das mag ich.«

»Das ist schön für Sie.«

»Haben Sie eine Ahnung, wie wir vorgehen werden?«

»Nicht die geringste. Und Orkan hat wohl auch keine.«

»Ah ja. Der gute Orkan. Seine Antworten variieren, je nachdem, wer fragt. Hören Sie – letzten Endes müssen Sie Kemal ja etwas sagen. Was ich möchte, ist Folgendes: Ich will, dass Kemal zweihundertfünfzig Milliarden Lira für mich bezahlt. Ich denke, dass ich so viel wert bin. Fassen Sie das als eine Art Gesamtlohn auf.«

»Zweihundertfünfzig Milliarden zusammenzukriegen dürfte eine Weile dauern.«

»So ist es. Anfangs hatten wir an zweihundert Milliarden gedacht, aber da hatten wir Sie noch nicht mitgerechnet. Ich weiß nicht, wie viel Sie von Kemal bekommen, aber bei dieser Sache sind für Sie mindestens fünfzig Milliarden drin, so viel kann ich sagen. Erzählen Sie Kemal nicht, dass wir miteinander gesprochen haben. Das wird ihn verrückt machen – und dazu auch noch misstrauisch.«

»Und dann?«

»Wahrscheinlich machen wir es so: Das Geld muss ja übergeben werden. Auch dafür habe ich schon eine prima Idee, darüber reden wir noch. Klar, Sie und ich werden unseren Anteil später bekommen. Orkan wird das Geld haben, Sie können zu ihm gehen und es sich bei ihm abholen. Bei der Übergabe brauchen Sie nicht dabei zu sein. Kemal soll selbst hingehen. Dann fühlt er sich wie ein Held. Sie brauchen sich gar nicht zu bemühen.«

»Sie scheinen an alles gedacht zu haben.«

»Ah, das tue ich immer. Übrigens, wie steht es zwischen Ihnen und Emel? Sprechen Sie allerdings nicht ihren Namen aus. Sie will nicht bei Orkan oder den Leuten in meinem Umfeld bekannt sein. Sie hegt ihnen gegenüber eine verständliche Antipathie.«

»Besser, als ich mir erträumt hatte. Wobei ich offen gestanden intensive Träume hatte, so schwach meine Vorstellungskraft auch sein mag.«

»Sie lässt Sie wie ein Dichter reden. Nehmen Sie es mir nicht übel, Süreyya Bey, aber Sie haben sich verliebt.«

»Ich habe nicht das Gegenteil behauptet!«

»Ich wäre Ihnen wirklich gern vor ihr begegnet.«

Ich spürte, dass ich rot wurde, denn das hatte ich nicht erwartet. Ich antwortete nicht.

»Wenn es wirklich stimmt, was Emel erzählt hat, müssten Sie jetzt rot geworden sein. Ich mache einen Scherz, Herzchen! Sie sind wirklich genau so, wie Emel Sie beschrieben hat, Süreyya Bey. Verzeihen Sie, ich necke Sie ein wenig.«

»Ist schon okay.«

»Nun müsste alles geklärt sein, denke ich.«

»Das denke ich auch.«

»Es dürfte nicht schwierig sein. Erläutern Sie Kemal, soweit notwendig, die Situation und nennen Sie ihm die Summe. Kemal verfügt über Beziehungen, die Sie verblüffen dürften, deswegen kann er gleich morgen die zweihundertfünfzig Milliarden zusammenkriegen. Alle diese Vereinspräsidenten, die Fußballwelt … Sie alle haben mehr Geld, als sie ausgeben können, und Kemal findet immer einen Weg, wie er diesen Typen Geld abluchsen kann. Wenn Sie mit ihm gesprochen haben, informieren Sie Orkan. Ich rufe ihn regelmäßig an. Über ihn bekomme ich Ihre Nachricht.«

XXI

Ich verließ das »Alamut« und marschierte los. Ich musste unbedingt meine Gedanken ordnen. Mir war egal, ob das, was ich tat, richtig war oder nicht. Offen gestanden, ich fand es sogar richtig. Kemal Deren wäre glücklich, Deniz Cengiz wäre glücklich und, damit nicht genug, sogar Orkan Bey wäre glücklich. Was sollte daran falsch sein? Nur Kemal Deren wäre um zweihundertfünfzig Milliarden erleichtert. Ich für meinen Teil wäre in jedem Fall glücklich; ein stattliches Honorar von Kemal Deren und fünfzig Milliarden von Deniz Cengiz waren mir garantiert. Und zusätzlich zu all dem gab es auch noch Emel.

Ach, Emel. Wie kommt es, dass man sich immer noch verlieben kann? Das war eine der Fragen, deren Antwort ich zu gern gewusst hätte. Aber jedes Mal, wenn jemand einen Erklärungsversuch unternahm, verstand ich gar nichts. Wie so vieles, das ich nicht verstand.

Ich musste Kemal Deren anrufen. Zu diesem Zweck machte ich mich auf die Suche nach einer Telefonzelle. Früher, also ganz früher, war es schwierig, gerade dann eine zu finden, wenn man eine brauchte. Jeder hatte ein paar Telefonmünzen dabei, denn es war schon ein Riesenglück, an Orten, an denen man sich nicht auskannte, eine Telefonzelle zu finden; sich dann aber auch noch auf die Suche nach Münzen zu begeben, hätte bedeutet, das Glück erzwingen zu wollen. Später dann kamen Telefonkarten und dementsprechend Kartentelefone auf den Markt. Plötzlich gab es immer mehr Fernsprechhäuschen. Öffentliche Telefonzellen, die sowohl mit Münzen als auch mit Karten funktionierten, wurden zu Alltagsgeräten, die die Istanbuler Bevölkerung in der ganzen Stadt finden konnte. Jeder konnte von überall her anrufen.

Ich für meinen Teil war mit dieser Situation sehr zufrieden. Dann aber passierte etwas, die Telefonzellen wurden wieder weniger, und kaum einer beschwerte sich. Denn jeder, sogar jedes kleine Kind, hatte ein Handy bei sich. Ich glaube, außer mir bemerkten nur wenige Menschen, dass die Anzahl der Telefonzellen merklich nachgelassen hatte. Auch war es unmöglich, dagegen anzugehen. Es war logisch, dass es immer weniger gab, wenn niemand sie benutzte. Aber ich hätte doch gern gewusst, wo sie die alten Telefonzellen und die Apparate hingebracht hatten. Sie hatten doch niemandem etwas getan!

Früher gab es Hunderte von öffentlichen Telefonzellen am Taksim-Platz – und heute eben nicht mehr. Ohne mir viel Hoffnung zu machen, sah ich mich in der Mis-Straße um und fand genau zwei Stück. Es war Sonntag. Kemal Derens freier Tag. Ich rief ihn zu Hause an.

»Süreyya Bey?«

»Hallo. Es gibt ein paar Neuigkeiten und einiges, worüber wir reden müssen.«

»Wirklich? Haben Sie Deniz erreichen können?«

»Ich denke schon, aber ich will gleich dazusagen, dass die Sache nicht so einfach und flott erledigt sein wird.«

»Sie lebt doch, nicht wahr? Haben Sie ihre Stimme gehört?«

Ich musste insgeheim lachen, dass er sich nicht fragte, woher ich Deniz Cengiz Derens Stimme kennen sollte, wenn ich sie hörte, oder woher ich wissen sollte, ob eine Frau, die sich am Telefon als Deniz ausgab, tatsächlich Deniz war. Das ist normal; insbesondere, wenn es um einen geliebten Menschen geht, fällt es einem schwer, logisch zu denken.

»Ich habe mit einer Frau gesprochen, die sagte, sie sei Deniz Cengiz Deren. Sie werden sicher verstehen, dass ich nicht wissen kann, ob das stimmte. Das heißt: Ja, offiziell habe ich mit Ihrer Frau gesprochen, aber ob die Frau, mit der ich sprach, wirklich Ihre Frau war, kann ich nicht wissen.«

»Was hat sie gesagt, worüber haben Sie geredet?«

»Kemal Bey, es war in der Tat ein langes Gespräch. Lassen Sie uns die Details persönlich besprechen, wenn Sie mögen.«

»Selbstverständlich. Wo sollen wir uns treffen? Ich kann Sie überall abholen.«

»Kennen Sie das ›Regatta‹?«

»Ja, natürlich.«

»Okay. Dann treffen wir uns in zwei Stunden dort. Es gibt einen Platz ganz oben, auf der Terrasse, meine ich. Dort werde ich sitzen; falls Sie vor mir dort sein sollten, warten Sie auf mich.«

Ich legte auf, und der Apparat spuckte meine Karte wieder aus. Das liebe ich. Es erinnerte mich daran, wie früher, wenn man für ein langes Telefonat mehrere Münzen einwarf, der Apparat am Ende die nicht benutzten Münzen wieder zurückgab.

Ich betrachtete die Karte und überlegte. Ich musste noch jemanden anrufen. Mutters Ratschläge. Wieder hörte ich nicht auf sie.

»Hallo, ich bin's, Süreyya.«

»Schatz. Wie geht's dir? Ich habe mir Sorgen um dich gemacht. Wie war es? Habt ihr euch mit Deniz getroffen?«

»Ja. Es war schon seltsam. Ich weiß nicht, ob man das Treffen nennen kann. Wir haben miteinander telefoniert.«

»Sie haben dich hinbestellt, um zu telefonieren?«

»Ja. Deniz vertraut mir, aber ich glaube, dass auch Orkan die Finger im Spiel hat. Glauben ist ein zu schwacher Ausdruck, ich bin mir eigentlich ziemlich sicher. Mein Besuch im ›Alamut‹ und mein Gespräch mit Deniz im Beisein von Orkan von seinem Handy aus sollten wohl dazu dienen, Orkan gewissermaßen zu autorisieren. Um mir zu sagen, dass ich ihm vertrauen kann. Vielleicht messe ich manchen Dingen auch einfach zu viel Bedeutung bei.«

»Ich denke, dass du richtig liegst. Ganz schön schlau. Ist wohl ein beruflicher Reflex.«

»Alte Gewohnheit. Wir haben uns zwar nicht persönlich getroffen, aber ich kann sagen, dass die Angelegenheit erledigt ist.«

»Und wo ist Deniz?«

»Ich weiß nicht, das hat sie nicht gesagt.«

»Sie wird aber doch zurückkommen, oder?«

»Ja. Wo immer sie auch sein mag, vielleicht muss ich dorthin. Im Moment steht aber noch nichts fest.«

»Wenn du fährst, wirst du aber nicht lange bleiben, oder?«

»Nur so lange es nötig ist.«

»Ich verstehe.«

»Falls ich fahre, wirst du auf mich warten?«

Sie lachte, denn das hatte ich in Ediz Huns schmachtendem Tonfall gesagt. So ist das Leben. Wenn jemand anderer diesen Scherz gemacht hätte, wäre ich an seiner Stelle vor Scham im Erdboden versunken, und nun machte ich ihn selbst. Die Liebe …

Eigentlich hatte ich eine Antwort im Stil einer Adalet-Cimcoz-Vertonung erwartet – »Natürlich werde ich warten, warum sollte ich nicht, Liebling?« –, aber sei's drum, sie hatte ja gelacht.

Die İETT kaufen ständig neue Busse. Überall sehe ich sie. Busse mit Klimaanlage, größerer Kapazität und naturgemäß mehr Sauberkeit. Aber aus irgendwelchen Gründen setzen die Nahverkehrsbetriebe diese Busse nicht in Zeytinburnu ein. Das betrifft natürlich nicht nur Zeytinburnu. Auch in so edlen Stadtteilen wie Bağcılar, İkitelli und Sarıgazi hat man nicht das Glück, jene neuen Busse zu Gesicht zu bekommen. Es ist schon seltsam, dass man sie auf Strecken einsetzt, auf denen die Fahrgastzahl relativ niedrig ist. Was weiß ich, vielleicht kommt es mir auch nur so vor.

Das ging mir durch den Kopf, als ich aus dem Fenster blickte. Ich hatte einen Sitzplatz ergattert, weil ich an der Ersthaltestelle in den seit Jahren nicht erneuerten Zeytinburnu-Bus der İETT gestiegen war. Wir Zeytinburnuer verfügen auch noch über einen lustigen U- und Straßenbahn-Bahnhof. Lustig, weil bei uns die U-Bahn über- und die Straßenbahn unterirdisch fährt. Die U-Bahn sorgt dafür, dass man auf dem längstmöglichen Weg ins nahe gelegene Aksaray und auf dem kürzesten Weg zum weit weg gelegenen Fernbus-Bahnhof kommt. Die Route formt quasi ein breites U. Die Straßenbahn fährt, wiederum über Aksaray, nach Sirkeci, und daraus resultiert eine interessante Situation: Wenn wir für beide Strecken Zeytinburnu und Aksaray anlegen, erhalten wir ein sehr schönes O.

Unser Verkehrswesen basiert auf Aksaray. Alle Wege führen nach Aksaray. Den Vorortzug zwischen Sirkeci und Halkalı, der zwar nicht über Aksaray, aber zumindest über das benachbarte Yenikapı fährt und den ich aufgrund der Nähe zu meiner Wohnung und meiner emotionalen Verbundenheit wegen bevorzuge, habe ich, wenn Sie es bemerkt haben, nicht einmal mitgezählt. Er gehört nämlich nicht zur İETT.

Als ich nach beträchtlicher Fahrzeit aus dem Bus stieg, hatte ich Mitleid mit Kemal Deren, zu dem ich gerade auf dem Weg war. Selbst wenn alles klappen würde, müsste er sein Leben lang mit diesem Schwindel leben. Mit einem Mal empfand ich Sympathie für Kemal Deren und Wut auf mich selbst. Hatte ich das Recht, mich an diesem Betrug zu beteiligen? Wäre es besser, wenn ich Kemal Deren aus seinem Schlaf aufweckte?

Eine klischeehafte Szene kam mir in den Sinn. Das Telefon klingelt, der Anrufer sagt: »Ihre Frau betrügt Sie. Ein Freund«, oder jemand schreibt einen ähnlich gearteten Brief.

Ich fing an, über diese Auffassung von Freundschaft nachzudenken, die es als ihre Pflicht ansah, einem Mann mitzuteilen, dass seine Frau ihn betrog. Da ich die Einmischung in das Leben anderer zutiefst verabscheue, halte ich mich von Personen fern, die ihre Männer oder Frauen beobachten lassen wollen. Zu diesem Zweck gibt es, so umstritten sie auch sein mögen, voll ausgestattete legale Detekteien, und mir sollen sie weitestmöglich vom Hals bleiben.

Ich ging nach Hause und zog mich um. Mir platzte der Schädel, und ich hatte immer noch keine Lösung parat. Diese Tatsache, so dachte ich, als ich die Wohnung wieder verließ, zeigte eigentlich, dass auch ich kein allzu aufrechter Mann war.

So sehr mir das Wort missfiel, so hatte ich doch einen *Kunden*, und zwar Kemal Deren. Aus geschäftlicher Sicht musste ich seine Interessen schützen. Das war es wohl, was die sogenannte Geschäftsethik gebot. Ja, ich hatte den Kerl anfangs vielleicht nicht allzu sehr gemocht, aber je mehr ich von außen betrachtend darüber nachdachte, was ihm widerfahren war, bekam ich, um ehrlich zu sein, immer mehr Mitleid mit ihm.

Aber was waren Kemal Derens Interessen, und woher sollte ich das wissen? Wäre es ein Gewinn für ihn, zu erfahren, dass seine Frau auf eigenen Wunsch abgehauen war, ihn eigentlich nicht liebte und gemeinsam mit ihrem früheren Zuhälter Geld aus ihm herauszukitzeln versuchte? Oder wenn er es nicht erführe? Im Moment schien das in unser aller Interesse das Beste zu sein. Kemal Deren bekäme seine Frau zurück, seine Frau ein Vermögen, um ihn womöglich bei der erstbesten Gelegenheit zu verlassen; unser Zuhälter Orkan ebenfalls ein ordentliches Sümmchen und später vielleicht sein ehemaliges Kapital zurück; und schließlich ich zusätzlich zu Kemal Derens großzügiger Geste weitere fünfzig Milliarden Lira. Fünfzig Milliarden, die ich mitnichten verdient hatte.

Je mehr ich darüber nachdachte, umso verdrossener wurde ich; meine Schritte wurden immer schwerer. Trotz der langen Strecke war ich entschlossen, zu Fuß zu gehen. Die Angelegenheit hatte etwas an sich, das mein Gewissen beunruhigte oder mir zumindest Unbehagen bereitete. Und Magengrimmen.

XXII

Am Bakırköyer Bahnhof stieg ich aus dem Zug. Ich mag den Toastverkäufer am Ende des Bahnhofs. Mustafa Abi meine ich. Seine einzige Macke besteht darin, dass er ein glühender Ecevit-Anhänger ist und jedes Gespräch so dreht, dass wir immer wieder bei Ecevit landen. Ich mag sogar, wenn Mustafa Abi hin und wieder ausflippt, weil es Ecevit einfach nicht gelingt, Ministerpräsident zu werden: »Dieser Deniz Baykal, dieses Tomatengesicht, dieser Deniz Baykal!« Nicht dass ich Ecevit sympathisch oder den anderen unsympathisch finde; ich beobachte einfach gern, wenn jemand sich mit so viel Leidenschaft über jemand anderen aufregt. Denn mir wäre es sogar vollkommen egal, würde dieser Stahltöpfe verteilende Hurensohn Ministerpräsident werden. Aber der Toastverkäufer meidet seit einer Weile das Thema. Er redet nur über Ecevits Gesundheitszustand und meckert, was seine Ärzte doch für Betrüger seien.

Ich wähle nicht, aber die Wahlergebnisse beispielsweise sehe ich mir unheimlich gern an. Sosehr es der Ziehung der Lottozahlen ähnelt, bei denen man nicht mitgetippt hat, so gibt es doch einen kleinen Unterschied. Manchmal kommt es zu erstaunlichen Ergebnissen, in der Regel aber nicht. Ich habe nie begriffen, mit welcher Motivation jemand wählen geht. Wenn ich das sage, reagieren die Leute meist wütend: »Jede Stimme zählt.« Interessieren würde mich auch, wieso immer alle denken, dass ich, wenn ich zur Wahl ginge, garantiert der von ihnen favorisierten Partei meine Stimme geben würde. Vielleicht gebe ich diesen anderen Hurensöhnen meine Stimme, wieso willst du mich also überzeugen, zur Wahl zu gehen? Zu sagen, dass jede Stimme zählt, als verkündeten sie das Gravitationsgesetz, ist noch so ein Thema; natürlich zählt jede Stimme, ähnlich der Annahme *x ist gleich x* aus dem Logikunterricht, an die ich mich vage erinnere.

Ich konnte Mustafa Abi, den Ecevit-Fan, nicht entdecken. In den Abendstunden vertrat ihn zumeist jemand anderer. Deswegen verließ ich, ohne meinen Toast zu essen, den Bahnhof. Da es bereits dunkel war, warf ich auch keinen Blick auf die Wunder, die der Bahnhofsvorsteher für uns hergerichtet hatte. Schließlich waren die immer anzutreffen. Es sei denn, sie hätten den feinen Herrn durch einen ungehobelten Klotz ersetzt. Ich überlege gerade: Wenn das Schicksal des Landes in meinen Händen läge, würde ich den Vorsteher des Bakırköyer Bahnhofs als Ministerpräsident vorschlagen. In meinem ganzen Leben habe ich nämlich niemanden gesehen, der seine Arbeit so gewissenhaft erledigt. Und das will etwas bedeuten, wenn man bedenkt, dass ich mein ganzes Leben in diesem Land gelebt habe. Stellen Sie sich vor, die ganze Türkei ähnelte dem Bakırköyer Bahnhof. Okay, die Züge kommen vielleicht nicht und die Sitze sind womöglich kaputt, aber es gibt immer überall herrliche Pflanzen, die man sich anschauen kann, und das allein ist für meine Begriffe mehr als Grund genug, jemanden zum Ministerpräsidenten zu machen.

Ich verließ den Bahnhof, sog die Bakırköyer Luft tief ein und marschierte los. Was ich mit Bakırköyer Luft meine, sind Döner mit *pastırma*, Sesamkringelduft aus diesen neu eröffneten *Simit*-Läden, Menschenmassen, Schweiß und Deodorant.

Als ich die teegartenartige Terrasse des »Regatta« betrat, erwartete Kemal Deren mich wie vermutet bereits. Anscheinend war nach unserem Telefonat seine Anspannung ins Unermessliche gestiegen, und er hatte sich früh eingefunden, weil er es nicht mehr aushalten konnte. Wäre er Raucher gewesen, hätte ein Blick in den Aschenbecher mir verraten, wie lange er schon wartete, aber er war Nichtraucher. In der Regel raucht man nicht, wenn man in jenen Glasbunkern arbeitet. Das finde ich prima.

Ich setzte mich an seinen Tisch und zündete mir eine Zigarette an, wohl im Gedanken, dass man einen derart riesigen

Aschenbecher nicht leer stehenlassen sollte. Den Aschenbecher nähren, das klang in meinen Ohren wie schöne Poesie.

Mit Ece Ayhan hätte die Formulierung natürlich nicht mithalten können, da bin ich mir sicher. So sicher, wie ich war, dass das Gespräch mit Kemal Deren schwierig werden würde.

»Sie warten hoffentlich nicht schon lange?«

»Aber nein. Das heißt – eigentlich doch, ich bin schon eine ganze Weile hier, aber Sie haben sich nicht verspätet.«

»Ich verstehe.«

»Als Sie von einer neuen Entwicklung sprachen …«

»Ja.«

Ich nahm einen tiefen Zug von meiner Zigarette. Kemal Deren wirkte besorgt. Ich versuchte mir vorzustellen, was in seinem Kopf vorging. Im schlimmsten Fall hätte er zum Beispiel seine Frau töten lassen. Nun, Schlimmeres ist kaum vorstellbar, oder? Andererseits aber bedeutete das das Ende allen Kummers, es gäbe nichts mehr, worüber man sich Sorgen machen müsste, man wäre einfach nur traurig. Wenn ich wählen sollte zwischen Trauer oder Sorge, würde ich mich wahrscheinlich für Trauer entscheiden. Vielleicht bin ich auch deswegen kein Polizist mehr. Zumindest könnte das einer der Gründe sein.

»Es ist doch nichts Schlimmes passiert?«

»Etwas Schlimmes? Nein. Warum fragen Sie?«

»Keine Ahnung. Ein Gefühl. Sie wollten es am Telefon nicht sagen. Und …«

Mitten in seiner Rede hielt er inne. Die Ellbogen auf dem Tisch, die Handflächen nach oben, blickte er hilfesuchend auf meine Zigarette. Sein Verstand vielleicht nicht, aber sein Körper schien begriffen zu haben, dass er tief im Morast steckte.

»Kemal Bey, ich will offen mit Ihnen reden.«

»Ich höre.«

»Wie sehr lieben Sie Ihre Frau?«

»Was ist das für eine Frage? Sie ist meine Frau.«

»Ich verstehe, aber …«

»Nein, Sie verstehen nicht. Wir führen ein gemeinsames Leben. Wir hätten Kinder gehabt, zwei Stück, ein Mädchen und einen Jungen …«

Ganz allmählich begann mir das Ganze auf die Nerven zu gehen. Nicht, weil ich ein gefühlloser Mensch bin. Aber ich ertrage es einfach nicht, einen sentimentalen Mann zu sehen. Also, ich weiß nicht. Zu unserer Zeit gab es praktisch keine Männer, die weinten oder beinahe in Tränen ausbrachen. Ich will nicht sagen, dass Männer nicht weinen, aber sie weinten eben fast nie. Nur Sadri Alışıks Augen füllten sich mit Tränen in so hervorragenden Filmen wie *Ah Müjgân Ah*, aber um Gottes willen, das war Sadri Alışık und nicht irgendjemand. Außerdem lachte Alışık sogar auch über sich, wenn er weinte. Dann Tanju Okan. Wenn ein Mann *Ich lebe mittlerweile im Park* singt, erwarten Sie doch, dass er das mit trauriger Stimme tut, nicht wahr? Weit gefehlt. Wenn jener Held aus unseren Kindertagen darüber sang, dass er Haus und Arbeit verloren hatte, und mir mit Zeilen wie *Weder Geld für Strom noch für die Miete* stets gute Laune bereitete, brach er fast in Gelächter aus. Nun saß Kemal Deren mir gegenüber, die Augen tränenerfüllt, und ich empfand ihm gegenüber kein Mitleid wie bei Sadri Alışık, sondern einfach nur Verdruss.

»Sehen Sie, ich verstehe – aber nehmen wir an, Ihre Frau hätte etwas Entsetzliches getan. Würden Sie sie dann weiterhin lieben?«

»Ist das der Grund, warum sie entführt wurde? Weil sie etwas verbrochen hat? Hat sie Schulden? Aber nein, wenn sie Schulden hätte, würde sie es mir sagen. Es muss etwas anderes sein. Sie steckt also in Schwierigkeiten?«

»Ehm, in ziemlich großen. Aber das passierte alles, bevor Sie sie kennenlernten.«

»Was hat es dann für eine Bedeutung? Was war es? Etwas Politisches? Sie hat an der Istanbul-Universität studiert. Wie man hört, ist dort politisch jede Menge los, aber Deniz hätte bei so etwas doch nie mitgemischt? Und wenn, dann hat sie mir nie davon erzählt.«

»Ich weiß, dass sie es Ihnen nicht erzählt hat. Werden Sie sie unter allen Umständen weiterhin lieben?«

»Natürlich. Natürlich werde ich sie lieben. Sie ist meine Frau, was ist los, hören Sie doch bitte auf herumzustottern, was ist passiert, was haben Sie herausgefunden, was hat sie Ihnen gesagt, worüber haben Sie geredet?«

Erst jetzt schien er sich daran zu erinnern, dass ich mit seiner Frau gesprochen hatte.

Er war völlig verwirrt. Und um ehrlich zu sein wollte ich das auch. Ein allzu aufgeräumter Kopf wäre im Angesicht der harten Realität viel verletzlicher.

»Immer langsam. Wir beide sitzen hier, Sie haben ein Auto, um nach Hause zu fahren, ich kann sogar zu Fuß gehen, wir brauchen uns also nicht zu beeilen. Was ich Sie fragen möchte, ist, glaube ich, Folgendes. Ich sage ›ich glaube‹, denn ich habe mir meine Worte nicht zurechtgelegt. Würden Sie Ihre Frau auch dann noch lieben, wenn sie wüssten, dass es Ihnen schadet?«

»Wie denn schaden? Wie kann sie mir denn schaden? Reden Sie bitte offen!«

»Es könnte Ihnen zum Beispiel schaden, wenn Sie Ihre Frau mehr lieben als ihre Frau Sie.«

»Wie kommen Sie denn darauf? Ich habe Sie engagiert, um sie zu suchen, nicht um Überlegungen über unsere Ehe anzustellen.«

»Lassen Sie eine Sekunde beiseite, wie ich darauf komme, und denken Sie über das nach, was ich gesagt habe.«

»Ich werde nicht darüber nachdenken, weil es nämlich nicht stimmt. Das heißt – ja, vielleicht liebe ich sie ein wenig mehr oder vielleicht liebt sie mich ein wenig mehr. In der Liebe gibt es kein Maß, keine Balance. Aber niemand darf sagen, dass sie mich nicht liebt.«

»Okay, dann machen wir es so. Nehmen wir an, Ihre Frau liebt Sie nicht.«

»Wie kommen Sie denn darauf? Langsam aber sicher wird dieses Gespräch unerfreulich. Sie spinnen sich da mittlerweile etwas zusammen. Was hat sie gesagt?«

»Nein, ich spinne mir da nichts zusammen.«

»Also, was ist?«

»Kemal Bey, ich habe mir Ihrer Frau gesprochen. Am Telefon. Aus bestimmten Gründen weiß ich, dass sie es war. Und aus dem Gespräch geht hervor, dass Ihre Frau Sie nicht liebt.«

Mit einem Mal änderte sich sein Gesichtsausdruck. Er sah glücklich aus. Ah, natürlich. Er meinte, etwas zu wissen, das ich nicht wusste. Etwas, das sich meiner Kenntnis entzog und das ich nie begreifen würde. Ich war ja schließlich ein Trottel, der allein lebte, und er ein junger Mann mit einer bildschönen Frau. Lächelnd schüttelte er den Kopf.

»Ah, mein armer Schatz. Sie haben sie gezwungen, das zu sagen. Die Entführer …«

Plötzlich hielt er inne und wunderte sich über sich selbst, wohl weil er die Sinnlosigkeit seiner Worte erkannt hatte. Aber er sah aus, als würde er auf jeden Fall einen Weg finden, recht zu behalten und glücklich zu sein. Ich war neugierig, wie er das anstellen würde, und beobachtete ihn schweigend.

»Aber warum sollten sie so etwas tun? Blödsinn. Nein! Sie muss es bewusst gesagt haben. Mein Schätzchen. Wahrscheinlich um die Entführer glauben zu machen, dass das Band zwischen uns nicht so stark ist, wie sie denken. Sie muss Theater gespielt haben. Vermutlich versucht sie auf diese Weise zu verhindern, dass sie zu viel Geld verlangen. Ah, mein armer Schatz. Ich hatte Ihnen bereits gesagt, wie schlau sie ist. Sie will ihnen etwas vorspielen.«

Das musste Liebe sein. Ich fragte mich, ob ich wohl auch so werden würde. Ich drückte meine Zigarette im Aschenbecher aus und steckte mir eine neue an. Während ich das Streichholz schüttelte, damit es erlosch – eine saublöde Aktion in Anbetracht der Tatsache, dass wir auf der Terrasse saßen und ich meine Zigarette ohnehin nur mit Mühe zum Brennen gebracht hatte, Gewohnheit eben –, versuchte ich mit der Zigarette im Mund, ihm zu antworten.

»Kemal Bey, lassen wir das einmal beiseite und kehren wir zu meiner Frage zurück. Wenn sie Sie wirklich nicht liebt, werden Sie sie dann trotzdem lieben können?«

»Hören Sie, warum wollen Sie mich nicht verstehen? Ist es nicht offensichtlich genug? Sie spielt ein Spiel mit ihren Entführern. Ich habe es Ihnen erklärt. Um sie zu täuschen. Damit sie denken, sie sei nicht wichtig für mich. Womöglich versucht sie so ihre Freilassung zu erwirken. Eigentlich könnten wir dieses Spiel fortführen. Damit sie beispielsweise denken, dass ich ohnehin die Scheidung wollte. Genau, Deniz muss ihnen erzählt haben, dass ich sie loswerden und mich scheiden lassen will. Ist das für Sie nicht auch sonnenklar?«

Mittlerweile wurde mir das Ganze zu anstrengend. Ich bin nun mal so ein Typ. Immer die goldene Mitte. Ich sage nie das, was man ganz am Schluss sagen sollte, gleich zu Beginn, aber auch nicht am Ende. Wobei – eigentlich sage ich es doch am Schluss, denn nachdem ich gesagt habe, was ich zu sagen habe, gibt es nichts mehr zu sagen. Während ich überdrüssig seinen Bemühungen lauschte, seine Frau reinzuwaschen, dachte ich, dass auch im Fall, dass ich das, was ich zuallerletzt sagen sollte, gleich am Anfang sage, ich es praktisch doch wieder am Ende gesagt haben werde. Eigentlich ist es egal, was man jetzt oder später sagt, denn irgendwie läuft es auf dasselbe hinaus. Wenn man natürlich Dinge ausspricht, die man nicht sagen sollte … Aber wie lange würde ich mich denn noch an der Nase herumführen können. Egal, raus damit.

»Kemal Bey, Deniz wurde nicht entführt. Sie ist abgehauen.«

XXIII

Ich begann die im Dunkeln nur schwer auszumachenden Schiffe auf dem Marmarameer zu zählen. Anfangs ist es mühsam, doch dann gewöhnt man sich an die Dunkelheit. Jede Menge Schiffe verharrten still. Bisher hatte mich das nie interessiert. Vermutlich passierten sie nacheinander den Bosporus. Oder sie fuhren nur zu bestimmten Zeiten hindurch und warteten nun bewegungslos in den dunklen Gewässern.

Alles, was ich über Deniz Cengiz – sprich: Kemal Derens Frau – wusste und er nicht, hatte ich ihm in allen Einzelheiten erzählt. Es war nicht vergnüglich zu beobachten, wie dieser Baum von einem Mann bei jedem Satz ein wenig mehr ins Wanken geriet, und so vermied ich während meiner Schilderungen, ihn anzusehen, und blickte lieber aufs Meer.

Anfangs erwartete ich, er würde in Wut ausbrechen oder alles zurückweisen, aber meine Miene bremste ihn wohl und brachte ihn dazu, über meine Worte nachzudenken. Einige Male gab er sinnlose Töne von sich. Hin und wieder schien er »Also« oder »Aber« zu sagen. Ich überhörte ihn und erzählte die Geschichte zu Ende. Nun zählte ich die Schiffe auf dem Meer und vertrieb mir die Zeit mit Überlegungen über den Verkehr auf dem Bosporus.

Es gefiel mir, abzuwarten, dass er die Geschichte verdaute. Manche mögen das langweilig finden, ich aber war erleichtert. So oder so hatte ich einen Riesenschwindel aufgedeckt. Nicht nur, weil ich die Trickserei moralisch verwerflich fand. Ich billigte Deniz' Vorgehen zwar nicht, aber das musste ich auch nicht. Außerdem hatte es mich ziemlich geärgert, dass sie derart überzeugt gewesen war, ich würde bei ihrem Spielchen mitmachen. Ob die Sache sauber war oder schmutzig, gerecht oder ungerecht – ohne zu zögern und ohne mich um meine Meinung zu fragen, hatte Deniz mich als aktiven Mitspieler mit hineingezogen. Je mehr ich darüber nachdachte, umso zorniger wurde ich. Wer hatte sie auf die Idee gebracht? Emel?

Ich hatte Emel erzählt, dass man mich nicht gerade als verwegenen Ex-Polizisten oder als moralisch gesehen tadellosen Menschen bezeichnen konnte. Ich hätte ehrlich zu gern gewusst, was Emel und Deniz miteinander gesprochen hatten. Am liebsten hätte ich natürlich hören wollen, dass Emel nichts mit Deniz' Angebot an mich zu tun hatte. So hoffte ich es, so hätte ich es gern gehabt. Nun aber saß ich einem Mann gegenüber, der den größten Schock seines Lebens erlebte, und hatte an meinen eigenen kleinen Zweifeln zu knabbern.

»All das zu glauben ist so schwer …«

»Das kann ich mir vorstellen.«

»Und Sie? Sie hätten die fünfzig Milliarden akzeptieren und alles nach Deniz' Wünschen erledigen können.«

»Zunächst einmal habe ich die fünfzig Milliarden nicht abgelehnt. Akzeptiert habe ich sie auch nicht, denn man hat mir ein solches Angebot nicht unterbreitet.«

»Aber Sie haben doch gesagt …«

»Ich weiß, was ich gesagt habe. Sie haben nicht aufmerksam zugehört. Deniz Hanım war derart überzeugt, dass ich das Geld nehme und nach ihrem Plan vorgehe, dass sie es nicht einmal für nötig hielt, mich zu fragen. Theoretisch war ich also gar nicht in der Situation, einen mir angebotenen Geldbetrag abzulehnen.«

»Aber Sie verstehen doch, was ich sagen wollte. Sie hätten die fünfzig Milliarden nehmen und alles nach Deniz' Wünschen erledigen können.«

»Das gefiel mir nicht.«

»Gefiel es Ihnen nicht, weil es Ihnen wie eine vollendete Tatsache vorkam? Sie hätten dennoch annehmen können.«

»Sie reden so, als wären Sie damit zufriedener.«

»Ich glaube ja. Denn ich hätte zwar zweihundertfünfzig Milliarden weniger, dafür aber meine Frau wieder zurück. Und Sie hätten fünfzig Milliarden bekommen.«

»Bedenken Sie aber, dass ich Deniz Hanım danach hätte erpressen können, um auch die übrigen zweihundert Milliarden zu kriegen. Über Orkan, diesen Zuhälter, brauchen wir gar nicht zu reden, denn den müssen nur zwei Kerle ordentlich in die Zange nehmen, und schon wäre der Typ zu allem bereit.«

»Hätten Sie das getan?«

»Keine Ahnung«, sagte ich. »Hätte ich die fünfzig Milliarden akzeptiert und, wie Sie sagten, nach Deniz Hanıms Spielregeln gespielt, hätte ich so etwas durchaus tun können, oder?«

Er blieb erstaunlich ruhig. Irgendetwas ging ihm durch den Kopf, aber in seinen Augen konnte man nichts lesen. Allerdings bin ich auch kein Meister im Augenlesen; Kemal blickte in unverständlicher Weise nach oben, als versuchte er gerade, etwas im Kopf auszurechnen.

Eine Zeitlang saßen wir schweigend da. Die Schiffe warteten noch immer, ohne sich zu bewegen. Ich träumte, ich säße auf einem, jedoch nur ganz kurz. Ich kann weder schwimmen noch verstehe ich etwas von der Schifffahrt. Ich betrachte nur gern das Meer. Aus der Ferne. Wenn möglich, vom Land aus.

»Sie werden die fünfzig Milliarden trotzdem bekommen.«

Ich wendete mich wieder Kemal zu. Ich überlegte kurz, ob er den Verstand verloren hatte. Ich stützte die Ellbogen auf den Tisch und beugte mich zu ihm hinüber.

»Ich verstehe nicht.«

»Ganz einfach. Ich möchte, dass Sie exakt das tun, was Deniz von Ihnen verlangt. Nicht mehr und nicht weniger. Alles wird genau so gemacht, wie Deniz es will.«

Ich versuchte, Kemal Derens Gedanken zu verstehen.

»Hören Sie, Kemal Bey, nehmen Sie es mir nicht übel, aber falls Sie die Absicht haben sollten, den Ahnungslosen zu spielen und sich an Deniz Hanım zu rächen, kann ich das nicht zulassen. Ich verstehe Ihre Betrübnis, und mir ist klar, was Sie durchmachen, aber wie gesagt, Deniz Hanım ist in dieser Sache nicht allein. Sie hat Freunde von der Sorte, die bereit sind, sich jeden vorzuknöpfen, falls ihr etwas passieren sollte, Leute, die Sie lieber nicht kennenlernen möchten.«

Ohne die Ellbogen vom Tisch zu nehmen, fuchtelte er protestierend mit den Händen.

»Nein, Sie verstehen nicht. Sehen Sie, ich …«

Ich musste ihn überzeugen. Ich wusste nicht, wie, aber ich musste ihn irgendwie überzeugen. In Zeiten, in denen Menschen sich für besonders besonnen hielten, verdüsterten sie sich das Leben mit verrückten Entscheidungen. Sollte Kemal Deren wegen vorsätzlichen Mordes ins Gefängnis wandern, dann nicht meinetwegen, ebenso wenig wie Deniz Cengiz das Opfer sein sollte, auch wenn ich sie nicht besonders mochte.

Menschen töten Menschen. Sie tun das seit Kain und Abel, ich erinnere mich zwar nicht, wer wen erschlagen hat, aber sie töten. Und seit Kain und Abel töten sie insbesondere Menschen, die ihnen nahestehen. Die Anzahl der an Fremden verübten Morde ist wesentlich niedriger als die, bei denen Täter und Opfer in naher Beziehung zueinander stehen. Ja, Menschen morden andauernd, aber dieser Fakt genügt nicht, um der Möglichkeit, dass ich das Motiv für einen Mord sein oder jemandem das Motiv für einen Mord liefern könnte, entspannt ins Auge zu sehen. Deshalb erlaubte ich ihm nicht, mich zu unterbrechen, und fuhr fort.

»Ich gebe Ihnen recht, Sie sind erbost, Sie möchten, dass sie dafür bezahlt, aber so geht das nicht. Sie können ihr das Leben zur Hölle machen, aber in dieser Hölle werden auch Sie schmoren. Daran führt kein Weg vorbei. Das Einzige, was Sie meiner Meinung nach tun sollten, ist zu vergessen und Ihr Leben weiterzuleben.«

»Nein, hören Sie …«

»Ich bin mir bewusst, dass das nicht einfach ist. Wenn ich an Ihrer Stelle wäre und mir jemand eine solche Geschichte aufgetischt hätte, könnten Sie sicher sein, dass auch ich darum beten würde, dass er schweigt, und dass auch ich ihm ständig widersprechen würde. Aber Sie werden begreifen, dass es nicht anders geht. Ich rede mit Ihnen als ehemaliger Profi mit jahrelanger Erfahrung, der x-mal erlebt hat, dass Menschen, die sich rächen, trotzdem nie zur Ruhe kommen, sondern ganz im Gegenteil bei jedem Racheakt ihrer Seele noch tiefere Wunden zufügen.«

»Was denken Sie?«

»Was ich denke? Wenn Sie mich fragen, müssen Sie sie vergessen und ...«

»Nein, nein. Was denken Sie, wie meine Rache an Deniz aussieht?«

Ruhiger hätte seine Stimme nicht sein können. Ich blickte ihm tief in die Augen. Sollte er Rachegelüste hegen, so war es ihm nicht anzusehen. Doch ich kannte diese Miene, hatte sie vielleicht schon Hunderte Male gesehen. Jener immer gleiche Blick der Väter, die ihre mordenden Söhne der Polizei übergaben, der Mütter, die ihre drogenabhängigen Töchter anzeigten, der Frauen, die sich nach ihren wegen Diebstahls geschnappten Männern erkundigten. Nach Jahren begegnete ich noch einmal diesem Blick, der mich in meinem Berufsleben am meisten geschmerzt und unter dem ich am meisten gelitten hatte.

»Ich glaube, ich habe Sie falsch eingeschätzt.«

»So ist es. Und da ist noch mehr. Fragen Sie nicht warum, ich weiß, dass es töricht ist, aber wenn ich auf jemanden wütend bin, dann auf Sie. Ich weiß genau, dass ich dazu kein Recht habe und dass Sie das Richtige getan haben. Aber trotzdem bin ich wütend. – Meine Frau entpuppt sich als ehemalige Nutte. Und als wäre das nicht schon genug, überlegt sie sich ein Szenario, um mich zu betrügen. Mit ihrem früheren Zuhälter. Und wenn ich Sie richtig verstanden habe, auch noch ohne jeglichen Druck.«

»Ich hatte offen gestanden das Gefühl, dass es der Zuhälter war, der unter Druck stand.«

»Wie dem auch sei – was ich sagen wollte, ist, dass ich das alles auf einmal erfahre. Zuerst dachte ich daran, mich umzubringen. Dann, ja, Sie haben recht, dachte ich daran, Deniz zu töten. Ich wollte, dass sie stirbt. Jemanden beauftragen, sie umzubringen. Wenn ich Sie gefragt hätte, hätten Sie den Auftrag nicht angenommen, stimmt's?«

»Nein, ich hätte Sie sogar, obwohl es nicht zu meinen Gepflogenheiten gehört, wegen versuchter Anstiftung zum Mord in den Knast bringen können.«

»Verstehe. Aber dann war mit einem Mal alles bedeutungslos. Was Sie mir gesagt haben, habe ich, während Sie sprachen, mir selbst gesagt. Junge, sagte ich mir, mach die Fliege, Mann, worauf wartest du. Auf geht's. Leb dein Leben.«

»Das ist ja auch das Richtige.«

»Ich weiß nicht mehr, was richtig und was falsch ist. Aber dann habe ich festgestellt, dass ich gar nicht so stark bin. Und dachte über das nach, was ich Ihnen nun vorschlagen möchte.«

Kemal Deren erläuterte mir, was er vorhatte. Allzu vernünftig erschien mir sein Vorhaben nicht, aber seltsamerweise stimmte ich seinen Worten von ganzem Herzen zu. Wobei das keine besondere Bedeutung hatte, denn bislang hatten mir weder meine Vernunft noch mein Herz viel genützt. Nie hätte ich es für möglich gehalten, dass Kemal Deren, den ich seit unserem Kennenlernen geringgeschätzt hatte, entgegen seiner eigenen Meinung so stark sein konnte. Er war ein starker Mann. Stärker, als ich angenommen hatte und als ich selbst je sein könnte. Nachdem wir ein wenig über den Plan gesprochen hatten, hielt ich es für notwendig, ihm etwas zu sagen.

»Ich nehme diese fünfzig Milliarden nicht an, das wissen Sie doch, oder?«

»Wieso? Weil Sie mir davon erzählt haben? Ich habe nichts dagegen einzuwenden. Im Moment ist das überhaupt nicht wichtig.«

»Vielleicht ist es später für Sie wichtig, vielleicht auch nicht. Aber das ändert nichts, weil es nämlich für mich wichtig ist.«

»Wieso? Wir hatten fünf Milliarden vereinbart, und nun bot ich Ihnen fünfzehn an, und Sie haben akzeptiert.«

»Stimmt, aber Sie boten mir keine fünfzig Milliarden an. Sobald ich die habe, werde ich Sie Ihnen zurückgeben. Die fünfzehn Milliarden waren ein Angebot, und die nehme ich an.«

»Dann biete ich Ihnen jetzt auch noch die fünfzig Milliarden an.«

»Ich akzeptiere sie trotzdem nicht. Okay, in der Regel habe ich keine Einwände, wenn man mir zu viel für meine Dienste zahlt, ich freue mich sogar, aber für so einen Auftrag fünfzig Milliarden zu kassieren ist nicht richtig.«

»Sie sind ein sturer Mensch, nicht wahr? Sie sind wirklich stur.«

»Kann sein. Dazu kommt, dass Ihre fünfzehn Milliarden nicht mein einziger Gewinn aus diesem Fall sind.«

»Wie meinen?«

»Emel Hanım. Wir sind uns ein wenig näher gekommen, und das habe ich indirekt Ihnen zu verdanken. Eine Belohnung, die mehr wert ist als fünfzig Milliarden.«

»Emel? Das wundert mich.«

»Wieso wundert Sie das? Es mag Sie natürlich erstaunen, dass eine schöne Frau wie sie sich für mich interessiert. Und um ehrlich zu sein, mich wundert es auch.«

»Ehm. Über Geschmack lässt sich nicht streiten. Ich hatte genau das Gegenteil gedacht. Ich hoffe, Sie sind nicht eingeschnappt, aber ich wäre niemals auf die Idee gekommen, dass Emel einen Liebhaber hat. Ich weiß gar nicht, ob man mit ihr über etwas anderes reden kann als über die Dividenden von Kartonsan. Ich habe Emel als eine Frau kennengelernt, die immer so sein wollte wie Deniz.«

Ich antwortete nicht. Ich konnte verstehen, dass ein betrogener Ehemann sich vom Glück anderer gestört fühlte. Anzudeuten, dass Emel zu hässlich oder, was weiß ich, zu unattraktiv sei, um einen Freund zu haben, wollte einem wirklich nicht in den

Kopf. Dazu kam, dass Emel Kartonsan mit keiner Silbe erwähnt hatte und ich im Übrigen gar nicht genau wusste, was eine Dividende war. Ich nahm mir vor, Emel danach zu fragen. Die verbleibenden Stunden verbrachten wir, zwei einsame Männer, damit, auf das Marmarameer zu starren und uns zu unterhalten. Mit viel Schweigen und sehr wenig Reden.

XXIV

Mittlerweile war ich so etwas wie ein Stammgast im »Alamut«, denn die Türsteher grüßten mich mit knappem Kopfnicken. Ich ging hinein und sah mich um. Es gab genügend freie Tische, aber diesmal zog ich den leeren Tresen vor. Ich ließ mich auf einem Hocker nieder, zog mein Jackett aus und hängte es über die Lehne. Der Barkeeper musste mich erkannt haben oder tat womöglich bei jedem, der sich an den Tresen setzte, so, als würde er ihn kennen, denn auch er grüßte mich.

Ich nahm seinen Gruß entgegen und bestellte einen doppelten Rakı. So vertraut, um mich zu fragen, ob es dafür nicht ein wenig früh sei, waren wir wiederum nicht, denn er servierte mir den Rakı und stellte noch ein Schälchen geröstete weiße Kichererbsen daneben. Erfahrene Etablissements verstehen es einfach, ihre Kunden zufriedenzustellen.

Ich nahm einen ordentlichen Schluck von meinem Rakı und zündete mir eine Zigarette an: »Ist Orkan Bey im Haus?«

»Er ist aufs Rathaus gegangen und müsste gleich kommen.«

»Alles okay? Es gibt hoffentlich kein Problem mit der Stadtverwaltung?«

»Ich weiß es nicht. Das können Sie ihn fragen, wenn er kommt.«

Diese Antwort deutete eher darauf hin, dass es ein Problem gab, denn wenn es keins gäbe oder wenn er nicht wüsste, ob es eins gab, hätte er es gesagt. Es gab also ein Problem, und vielleicht war ich ein Teil davon, vielleicht aber auch die Lösung, und deswegen war er so besonnen mit mir umgegangen. Das kommt davon, wenn Sie an solchen Orten eine Krawatte tragen. Entweder Sie sind gekommen, um Schwierigkeiten zu machen, haben einen Riesenstapel an Bußgeldbescheiden vom Finanzamt in der Tasche, oder Sie sind da, um ein Problem zu lösen.

Gerade als ich meinen zweiten Rakı bestellt hatte, erschien Orkan.

»Oh! Herzlich willkommen. So früh hatte ich Sie gar nicht erwartet.«

»Wieso?«

»Keine Ahnung. Sie wollten doch mit Kemal reden?«

»Das habe ich bereits.«

»Dann ist es okay«, erwiderte er, trat hinter den Tresen und gab dem Barkeeper ein Zeichen. Der hatte sofort verstanden und ließ uns allein, indem er auf dem gleichen Weg hinausging, auf dem Orkan gekommen war.

»Gibt es ein Problem mit der Stadtverwaltung?«

»Noch nicht, aber demnächst. Also dazu wird es nicht kommen, aber es könnte. Ich versuche selbstverständlich gerade, das zu verhindern«, sagte er und zwinkerte mit einem Auge. Eine schlechte Angewohnheit ist das. Niemand sollte irgendjemandem zuzwinkern.

»Eine Investition für die Zukunft also?«

Er lachte wie ein Beamter mit Mittelschulabschluss, der sich einen Levent-Kırca-Sketch ansah.

»Im wahrsten Sinne des Wortes. Und noch dazu eine erhebliche. Es geht um Folgendes: Demnächst wird es die Stadtverwaltung sein, die die Erlaubnis zum Alkoholausschank erteilt. Das heißt, ab dann unterliegen wir der Kontrolle der Kommune, und deine Jungs werden uns etwas mehr in Ruhe lassen.«

»Die Erlaubnis gibt es dann nicht mehr von der Polizei?«

»Nein. Ab dann ist das Rathaus für die neuen Lizenzen zuständig, und die alten werden ebenfalls der Kommune unterstellt. Und wenn das Gesetz durchkommt, entscheidet die Polizei auch nicht mehr über Schließungen.«

»Aber selbst wenn die Vergabe von Lizenzen auf die Stadtverwaltung übergeht – was können sie einem Lokal anhaben, das die Ausschankerlaubnis bereits besitzt?«

Er beugte sich zu mir und zwinkerte mir noch einmal zu.

»Gar nichts. Aber bei der Gelegenheit kann ich das Obergeschoss in die Lizenz mit hineinnehmen.«

Unwillkürlich hob ich den Kopf und sah an die Decke.

»Das da oben gehört auch uns. Im Moment benutzen wir es als Lager.«

»Verstehe.« Ich nahm noch einen Schluck von meinem Rakı.

»Und was haben Sie gemacht? Haben Sie heute Morgen mit Kemal gesprochen?«

»Nein, gestern Abend.«

»Sie sind aber flott! Genau wie Deniz es wollte. Was meinte er?«

»Es ist alles okay.«

»Schön. Wenn Deniz anruft, werde ich sie informieren. Dementsprechend wird sie ihre Anweisungen geben. Wir alle werden von dieser Sache kräftig profitieren.«

»Inschallah. Richtest du Deniz aus, dass sie mich anrufen soll? Ich werde zu Hause sein.«

Zwei doppelte Rakı in einen Magen zu schütten, der bis zum Nachmittag noch kein Frühstück gesehen hatte, war wohl keine so glorreiche Idee gewesen, denn als ich das »Alamut« verließ, verspürte ich ein Magenbrennen. Bevor ich meinen kleinen Freund im Orion, Zentrum für UFO- und Weltraumforschung, besuchte, aß ich im »Lades« zur Linderung eine heiße Suppe.

Wie immer empfing mich Fikret mit aberwitzig guter Laune.

»Chef! Wo treibst du dich bloß rum? Das letzte Mal riefst du wegen eines romantischen Abendessens an, diesmal willst du wohl eine Honeymoon-Suite in einem schönen Hotel.«

»Ich bin nicht in Stimmung, Fikret. Hier, nimm.«

Ich hielt ihm einen Umschlag mit zwei Milliarden hin. Schon als er anfing zu zählen, bemerkte er es.

»Chef, ist das nicht zu viel? Wir hatten doch fünfhundert Millionen vereinbart. Ohoo, das sind zwei Milliarden! Dieser stolzen Prämie entnehme ich, dass ›Victor Levi‹ ein Volltreffer war.«

Er freute sich über den unerwartet hohen Betrag, und ich ließ ihn mit Witzchen über mich seine Freude voll auskosten. Während ich sein Vergnügen beobachtete, kam mir zum ersten Mal in den Sinn, dass ich einen Sohn wie ihn haben könnte. Vielleicht ein paar Jahre jünger, aber ansonsten genau wie er.

»Okay, lass den Quatsch. Bist du zufrieden?«

»Zufrieden ist gar kein Ausdruck, Chef. Mit dem Geld …«, begann er und zählte diverse kryptische Details auf, mit denen er seinen Computer *upgraden* würde. Es machte wirklich Spaß, seinen Enthusiasmus mitzuerleben.

»Also«, meinte ich beim Weggehen, »beim nächsten Mal hab ich wohl einen bei dir gut.«

»Muss doch sehr bitten, Chef!«

Bevor ich nach Hause ging, wollte ich noch woanders vorbeigehen, in Emels Büro. Dazu fühlte ich mich allerdings nicht in ausreichend guter Verfassung. Ich war hundemüde, hatte nachts kaum geschlafen und wollte mir gar nicht vorstellen, wie ich im Spiegel aussah. Einen Spiegel zu finden, um nachzusehen, war das Letzte, was ich wollte. Wenn Sie irgendetwas Seltsames an sich haben und Sie sich dessen bewusst sind, ist es nicht gut, durch die Straßen zu gehen. Jeder scheint Sie anzusehen oder jenen Geruch wahrzunehmen, den Sie verströmen. Deshalb beugen Sie die Schultern und versuchen, nicht aufzufallen. Aber genau das ist das eigentlich Seltsame an Ihnen, und nur deshalb glotzen die Leute Sie an. Und je mehr die Leute Sie betrachten, umso mehr meinen Sie, dass das nicht an Ihrem seltsamen Verhalten liegt, sondern an dem Seltsamen, dessetwegen Sie befürchten, bemerkt zu werden. Dabei würde niemand etwas Seltsames spüren, wenn Sie so täten, als gäbe es da nichts. Wenn Sie stinken wie ein nasser Fuchs, ist es natürlich etwas anderes.

Ich glaubte allerdings nicht, dass ich stank wie ein nasser Fuchs. Trotzdem … Ich betrat dieselbe Telefonzelle wie letztes Mal und rief Emel an.

»Schatz. Ich habe mir Sorgen gemacht. Ich habe letzte Nacht fast kein Auge zugetan. Ich habe dich angerufen, aber du warst nicht zu Hause. Ist es sehr spät geworden?«

»Ja. Ich war mit Kemal zusammen. Wir haben bis tief in die Nacht geredet.«

»Was hat Kemal gesagt? Erzähl mal.«

»Ich habe Kemal Deniz' Angebot überbracht. Ich bin in dieser Angelegenheit also nichts anderes als ein Postbote. Sie hätten das durchaus auch ohne mich erledigen können.«

Plötzlich rutschte mir eine Frage heraus. Wenn ich nachgedacht hätte, hätte ich die Frage nie gestellt, aber es passierte eben.

»Worüber habt ihr das letzte Mal mit Deniz geredet?«

»Frauengespräche eben. Das verstehst du nicht.«

»Verstehe. Das heißt – ja, ich verstehe nicht.«

»Holst du mich ab?«

»Ich denke nicht, dass du mich so treffen willst. Ich sehe übel aus, ich muss nach Hause, ich muss baden.«

»Wie lustig.«

»Was ist so lustig?«

»Baden. Das tut doch heute keiner mehr. Heute duschen alle.«

»Ist das nicht dasselbe?«

»Es ist dasselbe. Aber das ist nicht das Lustige an der Sache. Es gab einen Werbespot, in dem ein Mann sagte: ›Ich will nach Hause, ich will baden.‹«

Kaum hatte sie die Reklame erwähnt, tauchte der Spot vor meinen Augen auf. Und nicht nur der Spot, ich kannte auch die Frau, die das Drehbuch dazu geschrieben hatte. Früher. Ganz früher.

»Den muss ich wohl verpasst haben.«

»Er ist alt. Sehr alt. Während du Diebe in der Nachbarschaft gejagt hast, saßen wir zu Hause und sahen uns den Film der Woche an. Dazwischen lief der Spot.«

»Verstehe.«

»Soll ich dich heute Abend zu Hause anrufen?«

»Mach das. Deniz wird auch anrufen. Oder machen wir es so: Ich glaube, dass Deniz mich von einer öffentlichen Telefonzelle anrufen wird. Ich melde mich nach Deniz' Anruf bei dir.«

»Okay, Schatz, Küsschen.«

XXV

Zu Hause angekommen, entledigte ich mich gleich im Flur meiner Klamotten und ging ins Bad. Ich weiß nicht, wie lange ich im Wasser blieb, aber wäre ich ein kleiner Junge gewesen, wären meine Fingerkuppen längst verschrumpelt. In ein Handtuch gewickelt, trat ich in den Flur und betrachtete den Kleiderhaufen. Ich nahm meine Geldbörse und meine Schlüssel aus der Hosentasche und warf die Klamotten in den Wäschekorb. In meinem Handtuch ging ich ins Wohnzimmer und etablierte mich vor dem Fernseher.

Beim Zappen durch die Kanäle sah ich hin und wieder zum Telefon und fragte mich, wann es wohl klingeln würde. Fenerbahçe hatte ein Vorbereitungsspiel mit 16:1 gewonnen. Das erschien mir ein wenig brutal. Man schießt vier Tore oder vielleicht fünf, aber sechzehn?

Der ehemalige Bürgermeister von Ankara erläuterte im Fernsehen das Programm seiner Partei. Da ich seit Jahren nicht verstand, was der arme Mann wollte und was für eine Politik er machte, hörte ich ihm eine Weile zu, in der Hoffnung, dass mir vielleicht diesmal ein Licht aufginge. Ich bin es gewohnt, dass sich Bürgermeister nach Beendigung ihrer Amtszeit aufmachen, die Türkei lenken zu wollen; unser Istanbuler Bedrettin Dalan war auch so einer, aber es klappte nicht. Er machte sich an diese und jene Partei heran und blieb am Schluss auf der Strecke. Das Amt des Bürgermeisters scheint auf den Amtsinhaber eine interessante Wirkung zu haben, am extremsten auf den Istanbuler Oberbürgermeister. In den letzten Jahren war Nurettin Sözen wohl der einzige, der keine Ambitionen auf den Ministerpräsidentenposten hatte. Ich fand diese Entscheidung in Ordnung, denn jemand, der nicht imstande war, Istanbul zu regieren, sollte sich meiner Ansicht nach nicht um das Amt des türkischen Regierungschefs bemühen. Das trifft natürlich auch auf die anderen Bürgermeister zu. Ich kann mich an keinen einzigen erinnern, der Istanbul erfolgreich regiert hätte. Gibt es irgendjemanden, der nicht denkt, dass in der Stadt seit vielen Jahren alles immer schlimmer wird? Wer weiß, womöglich ist es auch nicht dieser Leute Schuld und Istanbul ist einfach eine unregierbare Stadt.

Während ich mit meinem begrenzten Verstand über politische Fragen nachdachte, klingelte das Telefon. Es war Deniz.

»Süreyya Bey?«

»Hallo, Deniz Hanım.«

»Sie sind flinker, als ich dachte.«

»Ey, eigentlich ist Ihr Mann der Flinke.«

»Die Summe steht bereit? Er muss also Geld flüssig gehabt haben. Sie sind doch sicher, dass es keine Pannen geben wird, oder?«

»Welche Art von Panne?«

»Was weiß ich. Er könnte das Geld nicht mitbringen oder auf die Idee kommen, mich retten zu wollen oder so ...«

»Nein. In dem Punkt können Sie ganz beruhigt sein.«

»Sie werden nicht dabei sein, oder? Bei der Übergabe, meine ich.«

»Das ist etwas kompliziert. Okay, ich vertraue Ihnen, aber ich halte es nicht für richtig, Ihren Mann allein loszuschicken. Er könnte Verdacht schöpfen, dass es sich um eine Falle handelt, und ehrlich gesagt: Ich an seiner Stelle würde genauso denken. Dann haben wir noch andere Details besprochen. Orkan will er nicht sehen. Er will niemanden sehen – außer Ihnen, meine ich.«

Sie schwieg eine Weile. Ich überlegte, was ich falsch gemacht haben könnte.

»Gibt es ein Problem?«

»Nein, ich wollte nur nicht, dass Sie sich die Mühe machen und mit zur Übergabe gehen.«

»Hören Sie, Kemal Bey ist sehr besorgt, wirklich, und wenn ich ihn allein dorthin schicke, wird ihn das nur noch mehr beunruhigen.«

»Ah, mein geliebtes Herzblatt! Ich hoffe, meine Entführung hat ihn nicht allzu sehr in Aufregung versetzt.«

»Wenn Sie es genau wissen sollen, er war betrübt. Er liebt sie.«

»Er liebt mich? Das will ich glauben. Ey, jede Liebe hat ihren Preis, ist es nicht so?«

»Und Ihre …«

»Kostet zweihundert Milliarden. Ah, zweihundertfünfzig. Verzeihen Sie, wenn ich vergesse, Sie in die Rechnung mit einzubeziehen. Sie denken hoffentlich nicht, dass ich Sie übers Ohr hauen will, oder?«

»Nein, das denke ich nicht.«

»Eigentlich hatte ich für Sie gar keine so großzügige Summe vorgesehen. Aber Sie hätten mich schließlich verraten können, und dann hätte Kemal womöglich noch großzügiger reagiert, oder was weiß ich, ich hätte es mit einer Art Männersolidarität zu tun gekriegt. Das hätte mich auch nicht gewundert. Nach all den Jahren glaube ich nicht, dass Männer imstande sind, Logisches von Unlogischem zu unterscheiden. Sie hätten unlogisch handeln können; denken können, dass Kemal gekränkt ist und das Ganze nicht verdient hat. Vor allem, weil Sie nicht wissen, was ich erlebt habe.«

Was hatte sie erlebt? Ich glaubte nicht, dass Kemal ihr etwas Schlimmes angetan hatte. Vor allem in Anbetracht dessen, was ihr vorher alles widerfahren war. Falls sie ihre Wut allen Männern gegenüber an Kemal auslassen wollte, konnte ich natürlich nichts dagegen tun. Ich hatte Kemal zwar anfangs nicht gemocht, aber insbesondere seit unserem letzten Gespräch glaubte ich nicht, dass er seine Frau schlecht behandeln könnte. Bestimmt hatte Deniz noch viel mehr durchgemacht, aber ich hatte Mühe, mir vorzustellen, dass Kemal für irgendetwas davon verantwortlich gemacht werden könnte. Ich verzichtete darauf, weiter nachzuhaken.

»Ich danke Ihnen, Deniz Hanım.«

»Haben Sie für die Übergabe schon einen Tag festgelegt?«

»Ich habe erwartet, dass Sie das tun.«

»Wie schön. Wissen Sie, was wir machen? Zögern wir nicht lange und erledigen wir die Sache gleich morgen Nacht. Haben Sie einen bestimmten Ort im Sinn?«

»Ich hatte an den Friedhof in Feriköy gedacht.«

»Klingt nicht schlecht. Ein dramatisches Zusammentreffen, wie im Film. Das dürfte Kemal sogar gefallen und Farbe in sein langweiliges Leben bringen, in dem es nichts Aufregenderes gibt als ein Tor von Fenerbahçe. So spannend wie eine Einladung ins Fernsehen, um über Fußball zu reden. Weiß Kemal davon?«

»Ja, das sagte ich doch.«

»Ich meine von der Idee mit dem Feriköyer Friedhof?«

»Nein. Sie sind die Erste, der ich das sage.«

»Okay. Behalten Sie es für sich. Für alle Fälle. Kommen Sie gegen Mitternacht mit dem Auto. Orkan und ich werden vor zwölf dort sein. Ein Vorschlag, wie wir uns treffen sollen?«

»Nein, aber wir können es so machen: Wir kommen mit dem Auto, seien Sie schon vorher dort. Sie kommen über den oberen Eingang, wir nehmen den unteren. Wir werden uns ohnehin sehen, wenn wir dort ankommen. Ich rufe, und Orkan antwortet. Ich denke, er sollte Sie knebeln. Zumindest sollte er Sie an den Händen fesseln.«

»Wie wäre es mit einem Kissenbezug über meinem Kopf?«

»Nicht nötig. Vor allem, weil schwer abzuschätzen ist, wie Kemal Bey reagiert. Er muss Sie erkennen können. Ansonsten könnte er in Panik geraten und irgendetwas Unberechenbares tun. Wie gesagt, Sie warten mit gefesselten Händen neben Orkan. Wir könnten auch so tun, als gäbe es noch zwei weitere Männer. Aus Angst vor ihnen werde ich nichts unternehmen, was auch Kemal Bey daran hindern dürfte, den Helden zu spielen.«

»Das ist eine gute Idee, daran hatte ich gar nicht gedacht. Zwei gefährliche, bewaffnete Männer, in der Dunkelheit verborgen. Aber eigentlich sind sie gar nicht da.«

»Ob sie da sind oder nicht, kommt auf dasselbe hinaus.«

»Ein Bluff also.«

»So ist es. Ich werde mich allein nähern und das Geld übergeben, und dann gehen wir beide gemeinsam zurück zu Kemal Bey.«

Sie lachte. Ich fragte nach dem Grund.

»Dass Sie ihn immer noch Kemal Bey nennen. Das muss wohl die sogenannte Berufsethik sein.«

»Vielleicht.«

»Sagen wir also bis morgen um Mitternacht?«

»Ganz genau.«

Nachdem ich aufgelegt hatte, sank ich auf den Boden. Noch einmal hob ich den Hörer und bestellte beim Krämer eine Halbliterflasche Weinbrand.

XXVI

Als ich aufwachte, befand ich mich noch immer im Wohnzimmer. Zu meinen Füßen lag die leere Weinbrandflasche. Draußen war die kräftige Julisonne längst aufgegangen und erhellte das Zimmer trotz der geschlossenen Vorhänge mit schummerigem Licht. Ich schwitzte wie ein Ochse, die Hitze machte einen schier verrückt.

Ich blieb lange unter der Dusche und bürstete mir dann nach Leibeskräften die Zähne. Aber so sehr ich mich auch anstrengte, ich wurde diesen bitteren, unangenehmen Geschmack einfach nicht los. Das passiert manchmal. Wenn etwas zu Ende geht oder wenn ich begreife, dass es gar nicht beginnen wird.

Heute Nacht stand der Austausch bevor, vielleicht war das ein Grund für meine Nervosität. Warum war nichts so, wie man es uns in der Schule gelehrt hatte? Ich rede nicht von der Polizeischule, ich meine das, was man uns allen in der Grundschule beibrachte. Ich fluchte heftig auf die Mentalität, die unter der Bezeichnung Sachunterricht unsere Hirne mit einem Haufen Unsinn vollstopfte, der nichts mit dem realen Leben zu tun hatte, und die uns hilf- und schutzlos ins Leben hinausschickte. *Die Familie ist die Keimzelle der Gesellschaft. Die Kernfamilie besteht aus Mutter, Vater und den Kindern.*

Schon damals hielt ich es im Hinblick auf Scheidungs- oder Waisenkinder nicht für richtig, solche Dinge in ein Schulbuch zu schreiben. Und nicht nur das; heute denke ich, dass das ganze Buch, die bunten Übungshefte, verziert mit Bildchen unbegabter Zeichner, die Großmütter, die am Ofen Kastanien rösteten – dass all das nichts als Lügen waren.

Während ich mich anzog, schaltete ich den Fernseher ein. Dem Nachrichtensprecher zufolge war genau das eingetreten, was man seit Tagen erwartet hatte: Einige weitere Abgeordnete waren aus der DSP ausgetreten, was zum Mehrheitsverlust führte und Wahlen unumgänglich machte. Als Wahltermin nannte der Experte mit der hohen Stimme den 3. November. Ein Amerikaner hatte bei seinem Besuch in Ankara verkündet, man sei entschlossen, eine Operation im Irak durchzuführen. Daran hatte ich ehrlich gesagt nicht den geringsten Zweifel. Ich schaltete um. Kral TV erschien mir in dem Augenblick vernünftiger.

Ich rief Kemal Deren an. Wir einigten uns auf eine Uhrzeit. Abholen würde er mich an der Uferstraße in Bakırköy. Hastig zog ich mich fertig an und verließ die Wohnung. Auch um ein wenig zu mir zu kommen, ging ich hinunter an die Küste und marschierte los. Besonders vernünftig war das angesichts der Hitze natürlich nicht. Dem Impuls widerstehend, mir die Nase zuzuhalten, erreichte ich Bakırköy.

Ich setzte mich in den Teegarten, in dem ich mich bereits einmal mit Kemal Deren getroffen hatte, und begann zu warten. Der Gast vor mir hatte seine Zeitung auf dem Tisch vergessen, wodurch ich dankenswerterweise erfuhr, dass die Hitze der letzten Tage als Höllenhitze tituliert wurde. Für meine Begriffe kein sehr einfallsreicher Name. Weiterhin las ich, dass Arnold Schwarzenegger sich auf seine Kandidatur als Gouverneur vorbereitete. Das fand ich total spaßig. Ich erinnerte mich an den Tag, an dem ich *Terminator* im Kino gesehen hatte. In einer weiteren Meldung hieß es, dass ein anderer berühmter Prügelfilmstar à la Arnold Schwarzenegger gezwungen gewesen war, Schutzgeld an die Mafia zu zahlen.

Nachdem ich mir mit Zeitunglesen ein wenig die Zeit vertrieben hatte, begann ich, aufs Meer zu schauen. Wir alle tun das. Ich weiß nicht, warum ich es tue, gelegentlich kommt es mir so vor, als hätte ich dieses Verhalten nachträglich gelernt. Ich kann auch leben, ohne das Meer zu sehen, und verstehe Menschen nicht, die beim Anblick des Meeres ruhiger werden. Das Meer ist eben das Meer. Ich sehe es mir zwar an, kann aber nicht behaupten, dass es mir etwas bringt.

»Sind Sie schon lange hier?«

Kemal Deren war da und nahm an meinem Tisch Platz. Er hatte eine Tasche dabei. Eine Tasche mit zweihundertfünfzig Milliarden Lira. Von denen, wenn man es so wollte, fünfzig Milliarden mir gehörten.

»Ich bin gleich nach unserem Telefonat losgegangen. Zu Hause habe ich es nicht ausgehalten.«

»Und ich nicht im Büro. Es ist ohnehin nicht viel zu tun. Die Nachrichtenflut über die Transfers ist nun auch vorüber. In zwei Tagen erfolgt die Spielplanauslosung. Das ist die Zeit der Artikel Marke *Wie ist welcher neue Spieler welchen Vereins?* und *Diese Transfers haben wir richtig vorausgesagt!* Am meisten Spaß macht es, einen Artikel zu schreiben, wenn ein Transfer zustande gekommen ist, den du eigentlich völlig frei erfunden hast.«

»Frei erfunden? Wer tut denn so was?«

»Jeder. Hin und wieder schreiben die Reporter einen Spieler, der ihnen am Herzen liegt, einem Verein zu, und manchmal erfinden sie die Story auch zusammen mit Leuten aus den Vereinsvorständen. Seit Jahren läuft das so. So versorgt man die Fans für ein paar Tage mit Streicheleinheiten.«

»Komische Sache.«

»Sie mögen Fußball nicht allzu sehr?«

»Nee, ganz im Gegenteil. Ich finde es nur merkwürdig, Fan eines Vereins zu sein. Die sind die Größten, nein, die anderen sind die Größten – das zu sagen hat doch wenig Sinn.«

Als sei Fußball unsere Lebensgrundlage und der wichtigste Grund, warum wir gerade in diesem Teegarten saßen, sah er mich verblüfft, aber interessiert an.

»Aber das ist doch viel eher eine Sache der Herzensbindung. Meist ein familiäres Erbe.«

»Dann habe ich eben keine Herzensbindung. Mein Vater hatte nämlich auch kein Interesse am Fußball, genau genommen sogar noch weniger als ich. Ich sehe mir wenigstens gern die Spiele an. So, wie ich mir gern Boxen ansehe.«

Der Kellner kam, um das leere Glas mitzunehmen. Wir bestellten jeder einen Tee, und ich zündete mir eine Zigarette an. Noch einmal überlegte ich, ob ich mir das Rauchen wirklich abgewöhnen könnte.

»Und danach?«, fragte ich. »Meinen Sie, dass alles wieder so wird wie früher?«

»Wie war es denn früher? Ich glaubte immer, dass ich es wüsste, aber ich weiß es nicht.«

»Aber wenn dasselbe noch mal passiert?«

»Das hoffe ich nicht. Das wünscht sich doch niemand.«

»Sie wissen, dass ich die Leute kenne.«

»Ja, und?«

»Das heißt, wenn die Angelegenheit erledigt ist, endet auch unsere Abmachung.«

»Das heißt?«

»Dass ich danach nicht mehr Ihre Interessen vertrete und machen kann, was ich will.«

XXVII

Kemal Deren parkte seinen Wagen vor dem Friedhof an der Straße unter dem Parkverbotsschild. Das kleine, vom Presse- und Informationsamt ausgegebene Presseschild und eine Pappe mit dem Namen seiner Zeitung unter der Windschutzscheibe würden ein Abschleppen beziehungsweise ein Bußgeld verhindern. Zwar waren die Abschleppfahrzeuge der Verkehrsstiftung um diese Zeit nicht in dieser Gegend unterwegs, und ich brauchte mich um die Rückfahrt nicht zu sorgen, weil ich ohnehin nicht die Absicht hatte, mit Kemal Deren nach Hause zu fahren, aber trotzdem war es schön zu wissen, dass der Wagen nicht abgeschleppt werden konnte. Es wäre doch ein Riesenblödsinn, wenn ein Mann, der gerade seine Frau aus den Händen von Erpressern befreit hatte, mit dem Taxi heimfahren müsste. Hirnrissiger wäre nur noch, wenn sie, so wie ich es vorhatte, von hier aus nach Mecidiyeköy gingen, um dort den letzten Bus zu ergattern.

Kemal Deren und ich wollten den Eingang auf dem Weg zum Darülâceze nehmen, und sie den gegenüberliegenden. Irgendwo in der Mitte würden wir einander sehen. Wie besprochen warteten wir bis exakt 23 Uhr 30, dann betraten wir den Friedhof. Ich hoffte, dass Orkan und Deniz Cengiz Deren bis dahin bereit sein würden.

Beim Eintreten gab Kemal Deren mir die Geldtasche.

»Schließlich werden Sie ja das Geld überreichen. Ich halte es nicht länger aus, die Tasche zu tragen. Es ist, als trüge ich Deniz' Leiche.«

Während wir mit Blick auf die Grabsteine zwischen den Bäumen hindurchgingen, sah ich in der Ferne das Licht einer Taschenlampe. Zuerst dachte ich, es könnte die Lampe des Wächters sein, aber als der Pfiff aus der Trillerpfeife ausblieb, war klar, dass sie es waren. Ohnehin glaubte ich kaum, dass um diese Stunde ein pflichtverliebter Friedhofswächter umherspazieren würde. Ich an seiner Stelle säße längst mit ausgestreckten Beinen und Tee schlürfend vor dem Fernseher. Als wir uns schon recht genähert hatten und ich Orkans und Deniz' Schatten ausmachen konnte, rief Orkan mit betont tiefer Stimme, mit der er wohl Härte demonstrieren wollte: »Stehenbleiben!«

Wir blieben stehen.

»Du! Du da vorne! Wir haben auf beiden Seiten einen bewaffneten Mann platziert. Du kannst sie nicht sehen, aber wenn du versuchst, den Helden zu spielen, wirst du ihre Kanonen sprechen hören. Das heißt, wenn du noch so lange lebst!«

Meine Güte, was für Sprüche. Ich sagte erst einmal keinen Ton und hielt dann die Tasche hoch.

»Hier ist das Geld. Ich bringe es jetzt.«

»Komm allein!«

Nachdem ich mich zu Kemal umgedreht und ihm gesagt hatte, er solle warten, ging ich ganz langsam los. Deniz stand hinter Orkan, den Rücken mir zugewandt, die Hände gefesselt. Ich übergab Orkan die Geldtasche, und Orkan trat zwischen Deniz und mir zur Seite.

»Losbinden und wegbringen!«

Ich verspürte eine aberwitzige Aufregung. Aberwitzig, weil ich diesen Zuhälter von Orkan mit einem Fausthieb hätte niederstrecken können, und das wusste er auch. Was wir hier vollführten, war kein Austausch, sondern schlichtweg Theater. Vielleicht rührte meine Aufregung auch daher, dass ich Deniz Cengiz Deren, die ich seit zwei Wochen suchte und über die ich zahlreiche Geschichten gehört hatte, zum ersten Mal zu Gesicht bekommen würde. Ich löste ihre Handfesseln.

Es war dunkel. Aber nicht so dunkel, um nicht doch einen Meter weit sehen zu können. Außerdem hatte Orkan die Taschenlampe auf den Boden gelegt, um die Tasche zu öffnen und das Geld zu zählen. Kaum waren ihre Hände frei, drehte Deniz sich zu mir um und legte mir die Finger an die Lippen.

»Sei bitte still. Sag gar nichts«, flüsterte sie.

Ich drehte den Kopf und blickte zu Kemal Deren. Er verharrte noch immer wie ein Schatten in der Ferne.

»Ich erkläre es dir später. Ich bitte dich«, flüsterte Deniz. Oder Emel oder wer auch immer …

XXVIII

Es war drei Tage später, an einem Freitag. Ich saß zu Hause und sah fern. Ich hatte zu gar nichts Lust. In dem Film, den ich mir ansah, stellte sich Türkan Şoray einem Komponisten mittleren Alters als Mädchen vom Dorf vor, obwohl sie eigentlich eine Schönheit aus der Großstadtgesellschaft war. Tanju Gürsu, Schwimmer und Sohn des Komponisten, wiederum kannte sie als Society-Schöne. Ich hatte Mühe zu verstehen, warum Türkan Şoray das tat. Vater und Sohn sprachen von ihr, als handelte es sich um zwei verschiedene Personen. Mich erinnerte das an unser letztes Gespräch mit Kemal Deren, und ich wurde ein wenig verdrossen. Außerdem sangen sie viel zu viele türkische Lieder. Ich war nicht in bester Stimmung und suchte nach der Fernbedienung, da klingelte das Telefon.

»Hallo.«

»Ja, bitte.«

»Bist du mir noch böse?«

Ich antwortete nicht.

»Zwischen dir und Orkan ist etwas vorgefallen?«

Zwei Tage nach dem Rendezvous auf dem Friedhof Feriköy, also gestern, war ich in Orkans Bar gegangen. Orkan freute sich bei meinem Anblick und bat mich in sein Büro, um mir die fünfzig Milliarden zu übergeben.

Er reichte mir das Geld in derselben Tasche, und ich schlug sie ihm über den Schädel. Ich vermöbelte ihn dermaßen, dass nicht einmal seine Gesichtserkennungsexperten vor der Tür ihn wiedererkannt hätten, geschweige denn seine Mutter. Seine Gorillas hörten den Krach und bekamen ebenfalls eine Portion meiner Wut zu spüren. Diese muskelbepackten Fitnessstudio-Hünen können sich irgendwie nie vorstellen, dass sie Prügel beziehen könnten. Orkans Gefolge würde ab jetzt anders denken.

Danach war ich bei Kemal Deren gewesen, um ihm das Geld zurückzugeben und mich von ihm mit den Worten zu verabschieden, der Fall sei für mich abgeschlossen und ich hielte es für besser, uns nicht wiederzusehen. Letzteres hatte er nicht verstanden. Nun, ich hatte eine tiefere Freundschaft zwischen uns niemals in Betracht gezogen. Aber den Grund dafür musste er meiner Meinung nach nicht wissen. Der Mann hatte Probleme genug.

»Ja.«

»Ich verstehe.«

»Was verstehst du?«

»Du bist sauer.«

»Nicht mehr.«

»Du bist ein süßer Typ, weißt du das? Das habe ich dir schon gesagt, oder?«

»Emel. Emel hat das gesagt.«

»Emel? Daran erinnere ich mich nicht. Ich war bei allen Telefonaten, die sie mit dir geführt hat, dabei.«

»Ich glaube, du verstehst mich nicht.«

»Ah, okay. Ich habe es dir gesagt, aber als Emel, das willst du doch sagen?«

»Nein, ich will gar nichts sagen.«

»In Ordnung. Hör mal. Ich möchte mir dir reden«

»Was sollen wir reden?«

»Ich möchte mich zumindest bei dir entschuldigen.«

»Ey, das hast du hiermit getan. Okay?«

»Was du auch sagst, du hast recht. Ich kann dich nicht einmal bitten, mir zu verzeihen.«

»Ich sage doch gar nichts! Ich denke nicht, dass es etwas gibt, wofür du um Verzeihung bitten müsstest. Alles ist so gelaufen, wie du es wolltest. Bis auf die Sache mit Orkan, aber das wirst du mir nicht übelnehmen.«

Eine Zeitlang schwiegen wir.

»Orkan interessiert mich gerade gar nicht.«

»Also, was ist? Warum rufst du an?«

»Um mit dir zu reden.«

»Das tust du doch.«

»Können wir uns nicht irgendwo treffen?«

»Ich denke nicht.«

»Was zwischen uns war …«

»Lassen wir das Thema. Je schneller wir das Ganze vergessen, umso besser. Für mich, meine ich. Du kannst dich daran erinnern, wann immer du willst, das ist mir ziemlich wurst.«

»Denkst du vielleicht, dass mich das amüsiert hat?«

»Was denn?«

»Was zwischen uns war?«

»Keine Ahnung. Das ist dein Bier.«

»Ich wollte nicht, dass es so weit kommt, okay? Ich hatte das nicht geplant. Es hat sich einfach so entwickelt. Als du dich so fein gemacht hast … Ich hatte nicht vor, mit dir essen oder zu dir nach Hause zu gehen, okay?«

»Okay.«

»Ich glaube, du wirst mir nicht verzeihen?«

»Wie oft soll ich dir noch sagen, dass es nichts zu verzeihen gibt?«

»Aber du bist so frostig!«

»Mehr geht nicht.«

»Okay. Darf ich noch einen letzten Wunsch äußern? Emel ist todtraurig. Und stinksauer auf mich. Weil ich sie in die ganze Sache mit hineingezogen habe. Wir haben einmal miteinander gesprochen, da war sie auf 180. Ich habe Angst, sie noch einmal anzurufen.«

»Dann lass es eben.«

»Ich werde sie auch eine Weile nicht anrufen. Aber könntest du?«

»Ich? Wieso das?«

»Sie meint, dass sie dir eine Entschuldigung schuldig ist, bringt es aber nicht fertig, dich anzurufen. Ich muss nicht extra sagen, dass sie mich für alles verantwortlich hält.«

»Kannst du ihr das vorwerfen?«

»Du hast recht, es ist alles meine Schuld, aber gib Emel die Chance, dich um Verzeihung zu bitten.«

Seit Jahren hatte sich keine Frau mehr bei mir entschuldigt, und nun schienen sich zwei Frauen bei mir um die Wette zu entschuldigen.

»Dann sag ihr, dass das nicht nötig ist.«

»Wenn ich anrufe, knallt sie den Hörer auf. Bitte. Sie fühlt sich schuldig und kann dich nicht anrufen. Sie braucht das wirklich, dass du ihr vergibst. Emel ist ein liebes Mädchen. Sie ist es nicht gewöhnt, Schuldgefühle zu haben so wie ich. Ich kann das ertragen, aber ihr geht es echt miserabel. Bitte.«

»Vielleicht«, erwiderte ich. »Vielleicht rufe ich sie in den nächsten Tagen an.«

Wieder schwiegen wir eine Weile. Sie begriff wohl, was ich sagen wollte.

»Du rufst sie aber an. Das wirst du doch, nicht wahr?«

»Wen?«

»Emel.«

»Es kommt mir immer noch so vor, als würde ich mit Emel reden.«

»Bitte. Ich … ich möchte dich etwas fragen.«

»Ja?«

»Darf ich dich noch einmal anrufen?«

»Mein Telefon ist ein alter Apparat. Wenn es klingelt, hebe ich ab. Ich kann die Nummer des Anrufers nicht sehen. Anrufen kannst du also.«

»Und wenn es ein Apparat wäre, der die Nummer anzeigt?«

»Darüber würden wir nachdenken, wenn es so wäre. Sieh mal, du bist eine verheiratete Frau, und dein Mann liebt dich mehr als irgendjemand auf der Welt. Glaub mir. Ich bitte dich wirklich inständig, zwinge mich nicht, mir eines dieser neuen Telefone kaufen zu müssen.«

»Verstehe.«

In der Hoffnung, dass sie verstanden hatte, legte ich auf und fuhr fort, mir den Film anzusehen. Noch einmal klingelte das Telefon. Ohne abzuheben, zog ich den Stecker aus der Wand. Für den Anrufer würde es weiterklingeln, ich aber würde das Läuten nicht hören.

Ich hatte zwar verkündet, Emel nicht anzurufen, tat es dann aber doch. Ich weiß auch nicht, wie es dazu kam, aber es passierte eben. Wie auch immer, ich betrat eine Telefonzelle. Ich steckte die Telefonkarte ein und wählte die Nummer, die ich mittlerweile auswendig kannte. Ich erwartete, dass Emel abnahm, und das tat sie auch. Es war allerdings die Emel, die tagelang als Deniz mit mir gesprochen hatte. Einen Moment dachte ich daran, mich vorzustellen.

»Hallo«, sagte sie. In ihrer Stimme lag nicht jenes allwissende, weltgewandte Gehabe, das sie immer an den Tag legte, wenn sie mit mir sprach. Langsam legte ich den Hörer auf. Der Apparat spuckte meine Karte aus und begann, einen abgehackten Piepton von sich zu geben, damit ich sie nicht vergaß. Eine Zeitlang betrachtete ich sie. Ich ließ sie stecken.

Wen sollte ich denn anrufen?

Glossar

Abi, ağabey – älterer/großer Bruder, gleichzeitig auch die höfliche Bezeichnung für Männer, die etwas älter sind als man selbst
Alamut – Festung der Assassinen
ANAP – Anavatan Partisi, konservative Mutterlandspartei
Bey – »Herr«, höfliches Anhängsel an den Vornamen
İlhan Cavcav – Präsident des Fußballvereins Gençlerbirliği Ankara
DSP (Demokratik Sol Parti) – Demokratische Linkspartei
Efes – türkische Brauerei
Figen – türkischer Mädchenname, bedeutet: Blumenstrauß
Hanım – »Frau«, höfliches Anhängsel an den Vornamen
Hasan-i Sabbah – Gründer der Assassinen
Darülâceze – Istanbuler Altenheim
fırın sütlaç – überbackener Milchreis
İETT (İstanbul Elektrik Tramvay ve Tünel) – staatliches Nahverkehrsunternehmen im Großraum Istanbul
Kartonsan – türkisches Unternehmen der Kartonverpackungsindustrie
Levent Kırca – türkischer Komiker, Theater- und Filmschauspieler
Metin Abi – gemeint ist Metin Sertoğlu, dessen Sohn Erdim trotz Zahlung des Lösegeldes ermordet wurde
Milli Piyango – staatliche türkische Lotterie
Nizam Pide – Restaurant, berühmt für seine *pide* (Fladenbrote) und *fırın sütlaç*
pastırma – Rinder-Dörrfleisch, das als kalte Vorspeise dient
Polatlı – Kreisstadt in der Provinz Ankara
simit – ringförmiges Hefeteiggebäck mit Sesam-Körnern

Tekel – türkisches staatliches Monopol (aufgehoben) und gleichzeitig Name der staatlichen Herstellerfirma (Alkohol, Zigaretten)

türkische Lira – gemeint sind die alten TL aus der Zeit vor dem Wegfall der sechs Nullen im Jahr 2004